Zaza Burchuladze

DER AUFBLASBARE ENGEL

Blumenbar

ZAZA BURCHULADZE

DER AUFBLASBARE ENGEL

Roman

Aus dem Georgischen
von Maia Tabukashvili

Blumenbar

Erster Akt

Die nächtliche Séance

Viele glauben nicht an Geister. Selbst dann nicht, wenn sie sie beschwören. Auch die Gorosias glaubten nicht daran, dass Georges Gurdjieffs Geist wirklich erscheinen würde.

Nino und Niko Gorosia hatten also keine großen Erwartungen. Dennoch hatten sie das Licht in der Küche ausgeschaltet, einen quadratischen Bogen gestrichenes Papier auf den Tisch gelegt, einen großen Kreis darauf gezeichnet und sorgfältig mit Filzstift das georgische Alphabet eingetragen. Unter dem Kreis standen zwei Wörter: Ja und Nein. Daneben lag ein umgedrehter Teller mit einem aufgemalten Pfeil. In einer rot gepunkteten Tasse brannte ein Kerzenstummel, dessen orangeviolettes Licht spärlich das Papier, den Teller mit Pfeil, die Gesichter der Gorosias und ihre auf dem Tisch liegenden Hände beleuchtete. Dass die Wanduhr bereits nach Mitternacht anzeigte, war nicht zu erkennen. Ebensowenig, wie sich im Spülbecken das Geschirr stapelte. So weit reichte der Kerzenschimmer nicht.

In einem hasenverzierten Nesquik-Glas mit abgebrochenem Henkel schwamm im letzten Schluck Milchkaffee eine Fliegenleiche. Die Luft im Zimmer war schlecht, es roch nach Nikotin, Spülmittel und dem Hund: Im Sessel an der Wand schlief Foucault, ein weißer Bullterrier mit rosa Schnauze, beinahe so groß wie ein junger Eber. Aus der Nachbarwohnung hörte man den Fernseher. Offenbar lief die Sendung *Profil*. Die Moderatorin hatte einen schlagfertigen Gast, der Saal lachte ausgelassen und applaudierte.

Nino hatte immer viel jünger ausgesehen, als sie tatsächlich war. Aber wen kümmert das, sie arbeitete als einfache Beamtin im Tbilissier Rathaus. Dort wurden auch ältere Frauen beschäftigt, solange sie jung aussahen. Ninos kaum erschlaffte Brüste, die großen blauen Augen und ihr wohlgeformter, cellulitefreier Körper sprachen dafür. Wer hätte gedacht, dass hinter diesem sanftmütigen Gesicht und dem leicht melancholischen Blick ein eiserner Wille und ein starker Charakter steckten. Sie war klein, zierlich und hatte eine gewisse Ähnlichkeit mit einer Barbiepuppe.

Auch Niko war kein Riese. Im Unterschied zu Nino besaß seine Gestalt etwas Unmögliches, nahezu politisch Unkorrektes. Mit seinen runden Wangen, vollen Lippen und ausdruckslosen Augen wirkte er wie ein depressiver Psychopath. Dabei war sein Gemüt weich und formbar wie Teig.

In dieser Nacht trug Nino Gummischlappen, außerdem Jeansshorts und ein weißes, beinahe durchsichtiges Top. Sie war gerade erst aus dem Bad gekommen, ihr kurzes, zerzaustes Haar war noch nass. Der Shampooduft verbesserte die stickige Luft im Zimmer nur wenig. Sie trug keinen BH, unter dem Top zeichneten sich ihre festen Nippel ab und sie wünschte sich, Niko würde mit der Hand unter ihr Top fahren und sie berühren. Mehr nicht.

Aber Niko starrte auf den Teller mit dem Pfeil. Dabei dachte er an das Eclair im Kühlschrank, das er nicht anzurühren wagte. Seit einer Woche schon aß er nach sechs Uhr abends nichts mehr, worunter er schrecklich litt. Sein Übergewicht störte ihn eigentlich nicht, diese Diät war vielmehr ein fixer Gedanke als eine Notwendigkeit.

Die Idee mit der Séance war Nino im Büro gekommen, als sie durchs Internet surfte. Niko hatte nichts einzuwenden gehabt. Es ist auch schwer, der eigenen Ehefrau die Stirn zu bieten. Besonders wenn sie mit einem Toten in Kontakt treten möchte. Er hatte nur gefragt: »Warum ausgerechnet Gurdjieff?«, und in Gedanken hinzugefügt, »warum nicht … sagen wir …« Gerne hätte er einen bedeutenderen Toten genannt, doch fiel ihm außer dem Papagei, den er als Kind besessen hatte, niemand ein. Eines Morgens hatte Niko das Tuch vom Käfig gezogen und den Vogel tot am Boden liegen sehen. Als Niko den kleinen Kadaver hochhob, war er noch warm. Das Köpfchen fiel zur Seite.

»Weil«, und nach einer Pause fügte Nino hinzu: »Weil wir mit ihm, falls es klappt, Georgisch sprechen können.«

Die Sache war die: Die Goroslas beherrschten keine einzige Fremdsprache richtig. Notfalls hätte Nino ein bisschen Deutsch zusammenbekommen und Niko ein paar Brocken

Englisch. Aber warum sollten sie, wenn es überhaupt klappen würde, vor sich hin stammeln. Allerdings wusste Nino auch so gut wie nichts über Gurdjieff und hielt ihn für einen Georgier, oder zumindest für jemanden, der in Georgien geboren war.

Niko tat sich schwer, seiner Frau recht zu geben. Ihr Umgang miteinander erinnerte stark an eine Mutter-Kind-Beziehung.

Früher wurde Niko einmal für einen vielversprechenden Regisseur gehalten. Als Zwanzigjähriger war er mit seinen studentischen Kurzfilmen prompt ins Zentrum der Aufmerksamkeit eines kleinen, jedoch bedeutenden Kreises gerückt. Viele sprachen damals von seinem scharfen Blick und seiner Intuition. Es schien, als hätte der junge Mann noch alles vor sich, kurze Romanzen mit verzweifelten Hausfrauen, einen Schal um den Hals und einen ziemlich wilden Lebensstil … Das war vor der Begegnung mit Nino, seiner zukünftigen Ehefrau. Mit ihr verlor Niko auf einmal Antrieb und Haltung. Er wurde träge. Wie selbstverständlich tauschte er seine Filmkamera gegen einen Fotoapparat ein. In den letzten drei Jahren beteiligte er sich zwar ein paar Mal an Gruppenausstellungen, doch wurde dabei nur deutlich, dass sein scharfer Blick sich getrübt hatte. Auch andere konnten Schwarzweiß-Portraits machen, und zwar um Längen besser. Das fiel Niko durchaus auf, berührte ihn aber kaum. Und so blieb der Fotoapparat des Öfteren zwischen CDs und Büchern im Regal liegen. Jetzt war seine Intuition nur noch dazu da, Nino zu erforschen und zu verhindern, dass er etwas sagte, was ihr hätte missfallen können – umso mehr, weil er seit geraumer Zeit auf ihre Kosten lebte. Daher sagte Niko in Ninos Gegenwart nicht immer das, was er sagen, sondern das, wovon er annahm, dass sie es hören wollte.

»Wer weiß schon, was passieren wird«, hatte Niko in dieser Nacht gedacht, sich den toten Papagei aus dem Kopf geschlagen und verkündet: »Gut, dann eben Gurdjieff.«

Er zuckte mit den Schultern und fügte aus welchen Gründen auch immer hinzu: »Wir werden sehen.«

Der Tanzlehrer

Auch als Nino den umgedrehten Teller mit dem Pfeil über die Kerzenflamme gleiten ließ und dann auf das Papier legte, erwartete sie nicht im geringsten, dass etwas passieren würde. Als zeitgleich in Island der Vulkan Eyjafjallajökull auszubrechen begann, legten in Tbilissi die Gorosias vorsichtig ihre Finger auf den Teller und schlossen die Augen. Eher mechanisch als bewusst flüsterte Nino:

»Gurdjieff, komm zu uns! Gurdjieff, komm zu uns!«

Als der Teller erst zu vibrieren begann, dann wie festgewachsen auf dem Papier klebte und plötzlich im Flur ein Rascheln zu hören war, verstummte Nino abrupt. Die Gorosias rissen die Augen auf, blickten sich entgeistert an. Foucault fuhr hoch, spitzte die Ohren. Im Flur raschelte es erneut. Foucault sprang vom Sessel und lief knurrend zur Tür. Auf seinen kurzen, dicken, etwas bogenförmigen Beinen watschelte er wie eine große Eidechse. Nino hielt Nikos Hand. Schon hatte Foucault die Eingangstür erreicht.

Dort hustete jemand, deutlich vernehmbar. Foucault hörte auf zu knurren. Aus der Dunkelheit drangen Geräusche, als hantiere jemand herum. Nino drückte Nikos Hand noch fester. Da ihm nichts Besseres einfiel, rief er leise Richtung Flur:

»Foucault!« Er hob die Stimme ein wenig: »Foucault!«

»Der ist hier!«, erwiderte jemand aus dem Flur.

Ninos Augen weiteten sich. Auf ihrem Rücken sträubten sich die Härchen. Denn wie alle georgischen Frauen hatte auch Nino einen leichten Flaum entlang der Wirbelsäule.

»Wer ist da?«, fragte Niko, im Flüsterton, warum auch immer.

Aus der Dunkelheit erschien ein mittelgroßer, leicht untersetzter, schlaffer alter Mann. Irgendwie erinnerte er an einen Seehund. Selbst im schummrigen Kerzenlicht war zu erkennen, dass er schlecht sah. Er hatte große Glubschaugen und ein welk herunterhängendes Doppelkinn. Der dichte, weiße, gezwirbelte Schnurrbart schien ihm aus den Nasenlöchern herauszuwachsen. Sein schwarzes, abgegriffenes Sakko trug er offen. Zwischen Brusttasche und Knopf seiner ebenfalls schwarzen Satinweste kam die Kette einer goldenen Uhr zum Vorschein. An den Füßen trug er staubige Stiefel mit stumpfer Spitze, auf dem Kopf eine schwarze Lammfellmütze, eine Mischung aus sufischer Sikke und Pionier.

»Ich bin es«, rief der Mann in den Raum hinein, »Gurdjieff«.

Er nuschelte, es war nicht zu verstehen, ob er Gurdjieff

oder Dordjieff gesagte hatte. Bei seinem Anblick erhob sich Niko.

»Kommen Sie«, sagte Niko, »Herr …«

»Nennen Sie mich Guru«, half ihm der Alte. Er sprach eigenartig, als bemühe er sich, ein Lächeln zu unterdrücken.

»Guru?«, wiederholte Niko.

»Ansonsten«, der Alte reichte Niko die Hand, »gefällt mir auch der Name Raymond.«

Foucault gab einen hustenähnlichen Laut von sich, er forderte Aufmerksamkeit.

»Raymond?«, fragte Niko und griff mechanisch nach der Hand des Gastes.

Foucault stellte sich auf die Hinterbeine, stützte die Vorderpfoten gegen den Alten und brachte ihn damit beinahe zu Fall. Der Alte strich dem Hund über den Kopf, kraulte ihm das Ohr.

»Dann eben Guru«, sagte er lächelnd, »aber ohne Herr!«

Niko verstand nicht, ob der Gast scherzte oder es ernst meinte.

»Salam aleikum!« Jetzt streckte der Alte Nino die Hand entgegen, »Tanzlehrer Georges Gurdjieff. Für euch einfach Guru.«

Gurdjieff sah Nino kurz in die Augen. Sofort spürte sie ein leichtes Stechen zwischen den Beinen, und ein Schauer durchfuhr ihren Körper. Es war wie bei einer Hypnose, angenehm und angsteinflößend zugleich.

»Nino«, sagte sie. Und trotz ihrer Verwirrung, bemerkte sie, was für eine warme, weiche Hand er hatte. Ihr Blick fiel auf den Silberring, den er an seinem Mittelfinger trug und in den allerlei Vogelmotive eingraviert waren. Eine Juwelierarbeit. Auch im schwachen Licht ließ sich jedes Detail deutlich erkennen, wie auf einer frisch geprägten Münze.

Mehrere Figuren waren auf dem Silberring hintereinander aufgereiht: ein Mann mit einem Vogelkopf, ein zweiköpfiger Adler, ein auf einem Bein stehender Storch, auch ein gewöhnlicher Hahn. Dann noch ein Vogel, dreimal hintereinander, wie Auslassungspunkte. Er hatte einen großen Körper, einen kleinen Kopf und einen gebogenen Schnabel.

Der Gast folgte Ninos Blickrichtung:

»Das ist ein Andenkondor«, sagte er und nickte Nino zu, »habe die Ehre.«

Niko musste schmunzeln beim Anblick des Tellers mit dem Pfeil und erst jetzt fiel ihm auf, dass der Alte tatsächlich Georgisch sprach; ruhig und mit leichtem, angenehmem Akzent. Ninos Idee, Gurdjieffs Geist zu rufen, erschien ihm auf einmal sehr richtig.

»Möchten Sie vielleicht einen Tee?« Nino stand auf.

»Wir hätten sogar noch ein Eclair mit Schokolade gefüllt«, dachte Niko bei sich.

»Das könnte knapp werden«, sagte der Gast, zog seine Uhr aus der Tasche und schaute darauf. »Entschuldigung. Eigentlich sollte ich gerade ganz woanders sein … Ich weiß nicht, wie ich hierher geraten bin.« Der Gast schob seine

Unterlippe nach vorn. »Offenbar ist etwas durcheinandergekommen.«

In der Küche entstand eine bedrückte Stille. Niko wandte den Blick vom Alten ab, sah hinüber zu Nino, dann zu Foucault, schließlich zum Kühlschrank, dann wieder zu Nino.

»Gleich verschwinde ich«, sagte der Gast nüchtern und begann zu zählen: »Fünf ... vier ...« Die Gorosias starrten ihn an. »Drei ... zwei ... eins ...«

Gurdjieff hatte zwar eindrucksvoll gezählt, kurz auch eigenartig gewackelt, wie ein Fernsehbild bei schlechtem Empfang, doch er verschwand nicht. Lediglich ein Klicken in seinem Bauch war zu hören, und schwarzer Ruß stieg ihm aus den Ohren, begleitet vom Geruch verbrannten Gummis.

Foucault wunderte sich und gab wieder einen hustenähnlichen Laut von sich. Der Gast schaute erneut auf seine Uhr, schüttelte sie, hielt sie ans Ohr, schaute noch einmal darauf.

»Was ist passiert?«, fragte Nino.

»Ich weiß nicht.« Der Gast rülpste unwillkürlich. Ruß quoll aus seinem Mund, es roch nach verbranntem Gummi.

Erneut herrschte in der Küche eine bedrückte Stille. Der Gast schien verwirrt.

»Kann ich Ihnen irgendwie helfen?« Niko schob ihm einen Stuhl hin. »Setzen Sie sich doch.«

»Ich weiß nicht, Suliko, ich glaube nicht ...«

Der Alte setzte sich mechanisch. »Jetzt müssen wir vor allem einen kühlen Kopf bewahren.« Er schien das eher zu sich selbst zu sagen als zu den Gorosias. »Wir können uns ja ein wenig unterhalten, und wenn ich währenddessen verschwinde, dann verschwinde ich eben.«

Die Akrobatenmönche

Nach einer Weile gingen sie hinüber ins Wohnzimmer. Niko hatte sich auf der Bank am geöffneten Fenster niedergelassen. Unweit von ihm stand das Nesquik-Glas mit den Hasenmotiven und dem abgebrochenen Henkel. Von dort aus beäugte Niko den Gast. Tief im Herzen schämte er sich dafür, dass er über ihn so rein gar nichts wusste. Dieser Mann war immerhin Georges Gurdjieff und nicht irgendein Verwandter.

Nino saß am Tisch. Wieder und wieder hielt sie sich die Hand vor den Mund, gähnte. Sie hielt eine brennende Zigarette zwischen den Fingern, rauchte aber nicht, und der blaue Qualm schlängelte sich zur Decke. Anfangs hatte Nino so viele Fragen an den Gast, dass sie nicht wusste, wo beginnen. Doch alle erschienen ihr irgendwie dumm oder fehl am Platz. Nun waren die Fragen einfach weg. Fast eine ganze Stunde war seit Gurdjieffs Ankunft bereits vergangen, aber Nino hatte in seinem Blick kein einziges Mal wieder jenes Etwas gespürt, das sie zuvor hatte erschaudern lassen. Sie schämte sich sogar vor sich selbst und überlegte, wie sie über diesen alten Mann so hatte denken können, und dass sie sich wohl etwas eingebildet haben musste.

Der Gast hatte sein Sakko, auch die Weste und die Stiefel ausgezogen, den Hut abgelegt, und sein kahler Schädel glänzte im Schein der Glühbirne. An den Füßen trug er geringelte, abgewetzte Socken mit dünnen Fersen. Wie ein Bauer verströmte er einen säuerlichen Fußgeruch, roch außerdem nach Rauch, frischem Gras und ein wenig nach Mist. Jetzt war ihm das Alter deutlicher anzusehen. Offenbar hatte er sich seit Tagen nicht mehr rasiert. Seine Wangen waren vom heißen Tee gerötet. Seine schmutzigen Hemdsärmel trug er hochgekrempelt. Seine Hände waren über und über mit Altersflecken bedeckt. Er saß kerzengrade da wie ein alter Yogi. Neben ihm eine Untertasse mit Sultaninen. Eine ganze Handvoll davon verschwand gerade in seinem Mund. Dazu nippte er Tee aus einem Glas. Weichte die verspeisten Sultaninen darin ein. Sein schlaffes, faltiges Doppelkinn wackelte hin und her wie bei einem großen Reptil. Immer wieder zog er die Uhr aus der Westentasche, schaute drauf. Gelassen kraulte er Foucault am Ohr, das schlafende Tier hatte den Kopf in seinen Schoß gelegt.

»Ich habe die Gebrüder Foucault noch gekannt«, sagte Gurdjieff, »Janosch und Tamasch Foucault. Das waren Akrobatenmönche aus Koposchwar. Konnten ein hervorragendes Gulasch zubereiten Und Tschardasch tanzen konnten sie auch gut …« Schließlich fragte er:

»Wer hat denn den hier Foucault getauft?

»Niko.« Nino hielt sich die Hand vor den Mund, gähnte, dachte bei sich, da ihr auch wieder seine Bemerkung zu Raymond einfiel, der Gast habe eindeutig einen Namenstick.

Gurdjieff schaute zu Niko.

»Wegen Michel Foucault«, sagte Niko. »Der sah doch so ähnlich aus, stämmiger Nacken, kräftiger Unterkiefer …« Plötzlich verstummte Niko, schämte sich für seine schnelle Antwort.

Allerdings hatte der Hund den Namen nicht von ihm bekommen; als die Gorosias den Welpen kauften, hieß er bereits Foucault. Das mit dem stämmigen Nacken und dem kräftigen Unterkiefer hatte ihnen der Kynologe gesagt. Da sie es unbedingt so wollten, stellten sie auf den zweiten Blick tatsächlich eine gewisse Ähnlichkeit zwischen Bullterrier und Michel Foucault fest.

»Ah, so ist das«, sagte Gurdjieff und lächelte.

Niko war sich nicht sicher, ob Gurdjieff sich unverhohlen über ihn lustig machte oder es einfach seine Angewohnheit war, verstohlen vor sich hin zu lächeln. Jedenfalls ärgerte Niko sich darüber, und hätte ihm beinahe angeboten, nach Fotos von Michel Foucault zu googeln. Beim Anblick von Gurdjieffs Füßen musste er an die amerikanischen Touristen denken, die er im vergangenen Sommer in der Sultan-Ahmed-Moschee gesehen hatte. Wie Gespenster waren sie über die Teppiche der Blauen Moschee hinter dem Reisebegleiter hergeschlichen, mit der kostenlosen Moscheebroschüre in der einen, den eingetüteten eigenen Schuhen in der anderen Hand, die Fotokamera um den Hals und eine diffuse Angst im Herzen. Ein Imam kniete auf dem Gebetsteppich, er schien ganz von seiner religiösen Einkehr absorbiert, senkte immer wieder die Stirn bis auf den Boden. Schattenhaft huschten einige verschleierte Frauen umher.

Nino wünschte, der Gast würde endlich verschwinden, sein endlos erscheinender Besuch ging ihr langsam auf die Nerven. Außerdem war sie todmüde. Aber sie traute sich nicht, ihn direkt zu fragen, wann er verschwinden würde und erkundigte sich vorsichtig:

»Ist denn von drüben etwas zu hören?«

Der Alte zog seine Uhr hervor, schaute darauf:

»Bisher nicht«, seufzte er.

Noch immer kraulte er Foucaults Ohr. Seine Finger geübt und geschmeidig vom Beten des Rosenkranzes. Wie eine glückliche Flunder lag das Tier neben ihm.

Nino ahnte schon, dass Gurdjieff in dieser Nacht nirgendwo anders mehr hingehen würde, sie fragte sich nur, ob der Alte das Ganze bewusst eingefädelt hatte, oder tatsächlich durch Zufall bei ihnen gestrandet war.

»Ihr könnt euch hinlegen«, sagte Gurdjieff, »es ist schon spät. Wenn ihr erlaubt, warte ich hier. Ich möchte euch keine Umstände bereiten.« Dann sagte er leise, fast zu sich selbst: »Irgendwann muss ich doch verschwinden, verdammt noch mal!«

Dabei wirkte er so verzweifelt und traurig, dass Nino

kurz davor war weich zu werden, wenngleich ihr sein »irgendwann« gar nicht gefiel.

»Machen wir es doch so«, Nino erhob sich, »ich richte Ihnen hier ein Schlaflager ein«, fügte sie scherzend hinzu. »Und wenn Sie verschwinden, verschwinden Sie halt.«

»Wunderbar!« Gurdjieff war begeistert, klatschte sogar in die Hände.

Foucault schreckte vom Sofa hoch, bellte verhalten.

Der Werbeblock

Die Gorosias gingen bald zu Bett. Wach blieben sie aber noch lange. Wie hätten sie auch schlafen können? Es war ja keine Kleinigkeit; im Zimmer nebenan hatten sie Georges Gurdjieff sitzen. Es war so heiß, dass beiden nicht danach war, sich zu berühren. Ein Nachtinsekt surrte irgendwo, ununterbrochen.

Niko hatte den Laptop mit ins Bett genommen. Dessen leichtes Vibrieren übertrug sich auf das gesamte Bett. Er sah sich auf Youtube bei niedriger Lautstärke einen Dokumentarfilm über Gurdjieff an. Und je länger er den Film sah, umso mehr Respekt empfand er gegenüber dem Gast. Gleichzeitig kreisten seine Gedanken um das eiskalte Eclair im Kühlschrank.

Nino hatte sich trotz der Hitze bis zum Hals ins Bettlaken gewickelt, ihre Hände lagen auf der Brust. Ihre Lider waren schwer, das Licht des Bildschirms leuchtete ihr ins Gesicht. Hin und wieder waren Archivaufnahmen dazwischengeschnitten; mal stieg der betagte Gurdjieff auf einer Pariser Straße in einen Wagen, mal stand er, von jungen Leuten umringt, im Schatten eines Baums, lächelte verstohlen und knetete seine Lammfellmütze. Nino war stolz, dass der Mann, den sie gerade auf dem Bildschirm sah, in ihrem Wohnzimmer lag.

Hin und wieder drang das Gebrumm der Autos, die Rustaweli durchquerten, bis in die Atarbegow-Straße hinauf. Durch die Zweige des Baums vor ihrem Haus, aus dem offenen Fenster ihres Schlafzimmers, konnten die Gorosias einen kleinen Teil von Tbilissi sehen: Die Glaskuppel des Präsidentenpalasts, die angestrahlte Sameba-Kirche und das halbverdunkelte Awlabari-Viertel

Nino war erregt und gereizt zugleich. Wie vor einer Monatsblutung. Einerseits wollte sie mit Niko schlafen, andererseits fühlte sie sich gehemmt. Warum stellte sie sich auch vor, wie Gurdjieff mit gespitzten Ohren hinter der Wand säße und mit seinem Röntgenblick zu ihnen hindurchsehe ins Schlafzimmer.

Dabei schlief er schon lange selig im Wohnzimmer. Wie ein Fötus lag er zusammengekauert auf dem Sofa, die Decke zwischen die Beine geklemmt. Beim Atmen summte er wie eine Mücke vor sich hin und besabberte dabei das Kissen. Auf seinem kahlen Kopf hatten sich Schweißtröpfchen gebildet. Er trug ein weißes, ärmelloses Unterhemd und eine schwarze, weite Unterhose. Unter dem Unterhemd zeichnete sich kurz über der Hüfte ein therapeutisches Korsett ab. Seine gestreiften Socken hatte er in die Stiefel gestopft.

Die Hose lag zusammen mit der Lammfellmütze gefaltet auf dem Stuhl, an dessen Lehne auch sein Sakko und seine Weste hingen. Zu seinen Füßen schlief Foucault.

Diese Gedanken plagten Nino, da sie vor dem Zubettgehen bei Wikipedia gelesen hatte, dass Georges Iwanowitsch Gurdjieff einen geheimnisvollen, rätselhaften Blick gehabt habe. So wie er schielte, sagte sich Nino, war es kein Wunder, dass mancher seinen Blick für geheimnisvoll gehalten hatte. Dieses Detail blieb ihr im Gedächtnis. Dabei gab es bei Wikipedia so vieles zu lesen.

Zum Beispiel, dass Gurdjieff einst Philosoph, Gymnast, Heiler, Yogi und Magier gewesen war; dass er und Stalin seinerzeit gemeinsam an der Tbilissier Geistlichen Akademie studiert hatten; dass er mehrere Sprachen beherrschte; dass er auf der Suche nach verborgenen esoterischen Traditionen zusammen mit Gleichgesinnten zu Fuß den gesamten Nahen Osten und Zentralasien erkundet hatte; dass er in Tibet der Mentor des kleinen Dalai Lama Thubten Gyatsho gewesen war, dass in Wirklichkeit Gyatshos Mentor aber Agwan Dordjieff geheißen hatte, ein burjatischer Mönch und russischer Agent, den man oft mit Gurdjieff verwechselte; dass die Nationalsozialisten auf seine Empfehlung hin das Hakenkreuz zum Symbol für ihre Partei gewählt hatten; dass er Hitler persönlich gekannt und einen großen Einfluss auf ihn ausgeübt hatte; und dass in diesem ganzen Gewirr alle wichtigen Ereignisse der ersten Hälfte des 20. Jahrhunderts direkt oder indirekt mit Gurdjieffs Namen verbunden waren. Jedoch war Nino vor allem der Gymnast in Erinnerung geblieben. Der Gymnast mit dem geheimnisvollen Blick.

Bevor er den Laptop zuklappte, erfuhr Niko über das Internet, dass gerade in diesen Minuten der Himmel über Europa durch Vulkanasche verdeckt wurde und sämtliche Fluggesellschaften ihre Flüge strichen. »Es könnte doch sein, dass Gurdjieff bei uns hängen geblieben ist, weil der Luftraum gesperrt wurde«, dachte Niko, klappte den Bildschirm herunter und legte das Gerät auf den Stuhl.

»Hast du eine Vorstellung, wie viel Geld die Fernsehsender zahlen würden, um ein Interview mit Gurdjieff zu machen?«, fragte Niko flüsternd und sah zu Nino hinüber, während er bei sich dachte, dass er ihn wenigstens hätte fotografieren sollen.

Nino war schon halb eingeschlafen, als sie Nikos Stimme hörte. Und so stellte sie sich in aller Deutlichkeit vor, wie Gurdjieff aus irgendeinem Grund mit der Moderatorin bei *Profil* auf dem cremefarbenen Sofa sitzt, die Beine wie ein Mädchen zusammengepresst, sich unter Tränen an sein vergangenes Leben erinnert und dabei seine Lammfellmütze in der Hand knetet. Die Moderatorin fragt ihn: »Unsere Zuschauer wüssten gerne, wo der sozialistische Held der Magie Georges Gurdjieff geboren wurde?«

»Ich komme aus Gurdschaani«, Gurdjieff rülpst und lässt unwillkürlich schwarzen Qualm aus dem Mund entweichen. Der Saal klatscht Beifall.

Maia fragt weiter: »Wo leben Sie jetzt?«

Gurdjieff wird stiller, zupft an seiner Lammfellmütze:

»Im ehemaligen Stalinabad, dem heutigen Duschanbe.« Im Saal wird es mucksmäuschenstill. Eine angespannte Pause. Maia sieht ihn verständnisvoll an. Gurdjieff wird konkreter: »Duschanbe bedeutet auf Tadschikisch ›die Stadt der Geister‹ oder Kischlak.« Er speit Ruß, zieht dann plötzlich eine Kunstnelke aus seiner Mütze und reicht sie der Moderatorin. »Die ist für Sie.« Der Saal tobt.

Sie stellt direkt die nächste Frage. »Wie schaffen Sie es nur, von Duschanbe so schnell zu den Beschwörenden zu kommen?« Sie schnuppert mechanisch an der Blume.

Gurdjieff erwidert »So halt«, setzt seine Lammfellmütze auf und verschwindet im gleichen Augenblick. Ein Raunen geht durch den Saal. Aus der Ferne hört man jemanden rufen:

»Schwuchtel!«

Die Kamera zeigt das Gesicht der Moderatorin in Nahaufnahme. Lächelnd spricht sie hinein:

»Schalten Sie nicht um, nach einem kurzen Werbeblock sind wir gleich wieder für sie da.«

Zweiter Akt

Der Vierte Weg

In dieser Nacht nistete sich Gurdjieff bei den Gorosias ein. In den ersten Tagen hoffte er noch manchmal auf sein Verschwinden, wie ein festsitzender Flugreisender auf bessere Witterung. Während er mit Nikos Laptop das Internet durchforstete (er las vor allem Artikel über sich selbst, sah sich eigene Fotos an), im Wohnzimmer fernsah oder auf dem Balkon auf dem Heimtrainer strampelte, sprang er immer mal wieder auf, verkündete, er glaube zu verschwinden, suchte schnell nach seiner Lammfellmütze. Währenddessen jagte Foucault bellend hinter ihm her. Er schloss die Augen, rülpste etwas Ruß hervor und murmelte leise »Drei … zwei … eins …«

Er verschwand nicht. Irgendwann gab er auf. Nur ab und zu zog er die Uhr aus der Westentasche und blickte verstohlen darauf.

Die Gorosias waren überzeugt, dass Gurdjieff ihnen mit seinem Getue etwas vormachte, in Wirklichkeit aber gar nicht mehr woanders hinwollte: Auch wenn er sich bisweilen wie ein schlechtes Fernsehbild verzerrte.

»Hätte er verschwinden können oder wollen, dann hätte er es längst getan«, dachte Nino. Zumal der isländische Vulkan wieder ruhig und das Eclair längst verspeist war. Allerdings hatten sie sich in den wenigen Tagen an Gurdjieff gewöhnt, sodass sie ihn nicht mehr gehen lassen wollten. Sie nannten ihn jetzt Ray, die Koseform von Raymond.

Ray hatte sich als ein guter Erzähler erwiesen. Wie gebannt lauschten die Gorosias seinen märchenhaften und fantastischen Erzählungen. Gurdjieff untermauerte jede noch so unglaubliche Geschichte stets mit irgendwelchen Daten, versüßte sie überschwänglich und verzierte sie mit orientalischen Ornamenten und den Zitaten von Sufi-Dichtern. Wobei fraglich blieb, ob es sie jemals gegeben hatte. Niko konnte keinen der von Gurdjieff genannten Namen im Internet ausfindig machen. Daher glaubten die Gorosias Gurdjieff kein Wort; doch war es ein Vergnügen, ihm zuzuhören. Sein Gedächtnis hielt Unmengen an Märchen und Fabeln bereit, er konnte ganze Masnawī-Doppelverse und einige Vierzeiler in verschiedenen Sprachen auswendig. Auch in der zeitgenössischen Popmusik war er verdächtig gut informiert. Ganz zu schweigen von seinem Repertoire an illusionistischen Nummern und Tricks: ein kleiner Ball aus dem Mund, eine Karte aus dem Ärmel, ein Glas, das verschwindet … Manchmal strich er unerwartet einem der Gorosias über die Wange und zog dann ein Geldstück oder einen Löffel hinter dem Ohr hervor. Außerdem kochte er ein ausgezeichnetes Goglimogli*, mit Zimt. Nur eines misslang ihm immer: Witzeerzählen. Genau genommen hatte er keinen, oder wenn, dann einen sehr speziellen Humor.

Einmal hatte er sich mitten im Wohnzimmer auf den Boden gelegt, alle Viere von sich gestreckt, die Augen verdreht. Er zuckte am ganzen Körper. Schaum trat ihm vor den Mund.

Nino war erschrocken aus dem Zimmer gerannt, weil sie glaubte, Gurdjieff habe einen epileptischen Anfall. Niko, völlig durcheinander, beschloss, dass Ray im Sterben lag. Beim Anblick seiner zuckenden Gliedmaßen fiel ihm nichts Besseres ein, als ihm einen Dolch in die Hand zu legen. Vage glaubte er sich zu erinnern, ein Held müsse mit Waffe in der Hand sterben. Also rannte er zur Abstellkammer und suchte dort nach einem Dolch, den er mal als Kind besessen hatte. Auf die Schnelle fand er nur einen Schraubenzieher. Er zögerte nicht lange, rannte zu Ray und legte ihm das Werkzeug in die Hand, woraufhin dieser in hysterisches Gelächter ausbrach.

Gurdjieff setzte sich auf. »Glaubst du, ich bin ein Handwerker, Suliko?«

Foucault wich in der ganzen Zeit keine einzige Sekunde von Gurdjieffs Seite. Entweder saß er neben ihm, lag zu seinen Füßen oder sein Kopf ruhte auf seinem Schoß. An

* Mit Zucker angerührtes Eigelb.

Gurdjieffs Hemd, Hose und Fußsohlen klebten immer weiße Hundehaare. Er lief immer barfuß durch die Wohnung wie ein Muslim durch die Moschee. Manchmal setzte er Foucault seine Mütze auf und der Hund erstarrte plötzlich, blickte erschrocken um sich. Gurdjieff schrieb dies den magischen Eigenschaften der Mütze zu. Seine Lammfellmütze strahle starke Radiowellen aus, die im Gehirn des Tieres Gedanken und Gefühle hervorriefen, die sein Geist nicht begreifen konnte, erklärte er.

Gurdjieff spielte ausgelassen mit Foucault, balgte mit ihm oder kraulte ihm die Ohren … Da verlor auch Foucault jeden Anstand: Er bellte Gurdjieff an oder setzte sich auf seinen Fuß. In solchen Momenten schimpfte Gurdjieff nie, er ließ das Tier gewähren. Woraufhin Foucault die Gelegenheit nutzte und glücklich hechelnd Rays Fuß rammelte.

Ein anderes Mal, Gurdjieff war gerade erst aus dem Bad gekommen, drehte er sich mitten im Wohnzimmer um die eigene Achse wie ein ekstatischer Sufi; sein Bademantel wirbelte wie ein Kleid. Foucault, der flach auf dem Boden lag, fing an zu jaulen und bedeckte die Augen mit den Pfoten. Nino glaubte, der Alte würde jeden Moment den Halt verlieren und stürzen. Auf jeden Fall rechnete sie damit, dass er etwas beschädigen und schließlich sich selbst verletzen würde. Gurdjieff stolperte aber kein einziges Mal und rotierte bis zum Schluss wie ein Kreisel unter dem Kronleuchter. Dass er wohlbeleibt wie ein Seehund war und auch nie sein Korsett ablegte, das er wohl gegen Radikulitis trug, tat der Vorführung keinen Abbruch.

Es stellte sich heraus, dass Gurdjieff auch den Moonwalk hervorragend beherrschte, insbesondere als Ausdruck großer Freude, Tai Chi beherrschte er ebenso.

Trotz des Korsetts reckte und streckte sich der alte Mann, als meditiere er durch Bewegung. Und überhaupt, er war voller Energie wie ein Teppich voller Staub. Beim Anblick seiner eleganten Bewegungen und beschwingten Verrenkungen platzte Niko vor Neid. Er wusste, dass er niemals so biegsam oder leichtfüßig sein würde. Auch wenn er sich für den Rest seines Lebens einer strengen Diät unterziehen und nie wieder Süßigkeiten anrühren würde.

Nach einer Weile gewöhnte sich Nino an Gurdjieffs morgendliche Tänze und schenkte ihnen keine Beachtung mehr.

Ansonsten konnte man Gurdjieff kaum von einem öden Rentner unterscheiden: Er musste häufiger auf die Toilette, sicher wegen der Prostata, seine geröteten Augen füllten sich mit dem altersüblichen Sekret, beim Essen fielen ihm oft Stückchen aus dem Mund und beim Fernsehen nickte er, die Fernbedienung umklammernd, gelegentlich ein.

In dieser Zeit war es Niko nicht gelungen, ein Foto von Gurdjieff zu machen. Der erschien immer nur als eine Art heißes Gas, als halbdurchsichtiger Fleck. Die Digitalkamera war völlig intakt, und auf den Fotos war alles scharf, nur Ray verschwamm aus irgendeinem Grund, worüber Gurdjieff herzhaft lachte und als Grund anführte, dass er gleichzeitig da und nicht da sei. Schuld daran trügen die Gravitationswellen. Als Beispiele führte er mal die sogenannte

Saitenschwingung an, mal eine Zeitschleife oder auch »geschlossene zeitartige Kurve«. Dieses Phänomen beschrieb er folgendermaßen: »Folgt man jener Schleife mit großer Geschwindigkeit, so kehrt man von einer Reise zurück, noch bevor man diese angetreten hat. In meinem Fall heißt das, ich reise immer weiter; und was für die Welt ein ganzes Jahrhundert ist, entspricht in jener Zeitschleife nur einer Hundertstelsekunde. Daher kann ich also den Fotoapparat sehen, während dieser mich schon nicht mehr sieht und von mir lediglich die Wärmestrahlung festhält.«

Die Gorosias verstanden nichts von irgendwelchen Schwingungen oder Kurven. Zumal auch Gurdjieff selbst nicht genau sagen konnte, ob er in einer Zeitschleife oder Saitenschwingung feststeckte.

Eines Morgens wachte Nino früher auf als sonst, und beobachtete durch die geöffnete Schlafzimmertür zufällig, wie Ray auf dem Sofa saß, sein Korsett abgelegt hatte und sich das hochgeschobene Unterhemd mit den Zähnen festhielt, während aus seinem Bauchnabel dünne, bunte Kabel hervorragten, die er aufmerksam musterte, einige mit Tesafilm umwickelte und sich zurück in den Bauch stopfte. Der Anblick weckte bei Nino zwei Erinnerungen: an den im Bauch ihrer ersten sprechenden Puppe montierten Lautsprecher, der über dünne, rote und grüne Kabel mit einer Batterie verbunden war. Und an eine durch Giftgas getötete Terroristin mit einem Shahid-Gürtel um die Taille in der Berichterstattung über das Geiseldrama »Nord-Ost«.

Nino verstand, dass die Radikulitis nicht das Problem war. Ray trug sein Korsett, damit ihm die Kabel nicht aus dem Bauch fielen.

Von Gurdjieffs Lehre hingegen hatten die Gorosias nicht viel verstanden. Sie wussten nicht nur nicht, was die vielen kleinen ›Ichs‹, ›die Mensch-Maschine‹ oder ›der vierte Weg‹ bedeuteten, sie bezweifelten auch, dass Gurdjieff selbst genau wusste, wovon er sprach. Obwohl er über alles Mögliche stundenlang erzählen konnte. Zum Beispiel über getrocknete Trauben. Und alles schmückte er mit Zitaten aus alten Büchern: »So lautet der Heilkundigen Erkenntnis und Rat: Wer da oft getrocknete Trauben esset, fern dem Arzte bleiben kann, darob ihn niemals schwere Krankheit heimsuchet, die er vom Arzte müsse heilen lassen.«

Einmal, wenngleich nur oberflächlich, sprach er von der harmonischen Entwicklung des Menschen, vom Schmetterlingseffekt, Sonnensegeln, von Ereignishorizont, dunkler Materie, Schamanenpilzen, Opiumrauchen, vom Wurmloch, der kosmischen Symbolik eines Perserteppichs, dem dritten Auge etc. sowie von den Wegen. Insbesondere vom vierten Weg. Neben dem Weg des Fakirs, dem Weg des Mönchs und dem Weg des Yogis gäbe es noch einen vierten Weg, sagte er, der sich von den anderen dreien prinzipiell unterscheide. Doch an den Unterschied könne er sich leider nicht mehr erinnern. Übrigens könne er sich ebenfalls nicht erinnern, wie die letzte Folge von *Dr. House* ausgegangen war, die er am Vorabend gesehen hatte.

Der heimtückische Plan

An einem Samstag saßen die Gorosias in der Küche. Nino hatte ein Taschentuch auf dem Tisch ausgebreitet und malte mit einem Filzstift Punkte auf die Ornamente, die sofort zu blauen Tupfen verschwammen. Niko trank Milchkaffe aus dem Glas mit dem abgebrochenen Henkel.

Nino zündete sich eine Zigarette an, sog den Rauch tief ein. Gurdjieff kam barfuß in die Küche, die Zeitschrift *Orakul* unterm Arm, wie Niko sofort am Cover erkannte; die Ausgabe des Vormonats hatte lange neben der Toilette auf dem Regal mit dem Raumduftspray und den anderen Zeitungen und Zeitschriften gelegen. Gurdjieff trug cremefarbene Shorts und ein weißes, ärmelloses Shirt. Seine ursprüngliche Kleidung und die Stiefel mit den hineingestopften Socken lagerten derweil in einem Regal in der Abstellkammer neben Nikos Kisten mit nutzlosem Kleinkram, alten CDs und seinen Kinderskiern. Dort, auf einem Bücherstapel, lag auch seine mittig gefaltete Lammfellmütze, die sich Niko einmal heimlich nachts aufgesetzt hatte, um die magischen Fähigkeiten zu testen. Allerdings konnte er keine außergewöhnlichen Gedanken oder Gefühle feststellen, er spürte lediglich einen Druck auf den Ohren, später einen Schmerz an den Schläfen.

Gurdjieff blieb in der Küchentür stehen, strahlte die Gorosias mit seinem rätselhaften Blick an und fragte:

»Störe ich?«

Foucault sprang auf seinen Sessel, machte es sich gemütlich und legte den Kopf auf die Pfoten. Irgendwo sauste mit heulender Sirene ein Krankenwagen vorbei.

»Nein«, sagte Niko so prompt, als hätte er etwas angestellt.

Auch Nino verneinte mit einem Kopfschütteln, aschte in den Aschenbecher. Ray schaltete den Wasserkocher ein und legte die *Orakul* daneben. In der Küche wurde es unangenehm still. Nur das Brodeln des Wasserkochers war zu hören. Ray nahm ein Glas aus dem Schrank und legte einen Teebeutel hinein.

»Ihr schaut so«, sagte er, »als würdet ihr etwas verheimlichen.« Ray blickte in den Schrank und stellte fest, dass die Rosinen ausgegangen waren. Der Kocher schaltete sich ab. Ray goss das heiße Wasser ins Glas.

»Kann ich etwas für euch tun?«, fragte Ray die Gorosias.

Das Wasser im Glas färbte sich braun, eine dünne Schaumschicht bedeckte die Oberfläche. Aus dem geöffneten Fenster drang Straßenlärm herein. Ray wickelte den Teebeutel mithilfe des Fadens um den Löffel, presste ihn über dem Glas aus. Wieder hörten sie von irgendwoher das Heulen einer Sirene.

»Ich weiß nicht«, Nino drückte ihre Zigarette im Aschenbecher aus, »kommt drauf an, was du so kannst.«

»Herrje, Nino Chanum, was ich kann?«, wunderte sich Ray, »google mich, dann siehst du, was ich kann und was nicht.«

Dass Gurdjieff von sich selbst überzeugt war, vielleicht sogar zu sehr, hatte Niko schon bemerkt, auch er hielt ihn für eine bedeutende Persönlichkeit. Aber jetzt störte ihn die Prahlerei doch irgendwie.

»Kannst du«, Nino machte eine Pause, »kannst du uns helfen, an Geld zu kommen?«

Niko musterte seine Frau; nicht zum ersten Mal fiel ihm auf, dass sie sich merkwürdig benahm, wenn sie mit Ray sprach, sich irgendwie veränderte, was Niko überhaupt nicht gefiel. Auch wenn er diesmal Ninos Wunsch vollständig teilte. Und warum hätte er auch etwas gegen Geld haben sollen? Ray führte das Glas zum Mund, pustete in den Tee:

»Warum nicht«, er schmunzelte, »ich kann alles für euch tun.«

Niko dachte, es sei ein Scherz, und wartete schon darauf, dass Ray gleich wieder eine seiner Geschichtchen erzählen oder irgendeinen anderen Mist auftischen würde. Doch er fragte etwas ganz anderes:

»Wie viel soll es denn sein?«

»Keine Ahnung …«, Nino zuckte mit den Schultern, »je mehr desto besser.«

»Wunderbar!« Gurdjieff hob das Teeglas wie einen Bierkrug in die Höhe. »Nichtmal Zarathustra hätte es so auf den Punkt gebracht wie du: Je mehr desto besser ...«

Foucault spitzte die Ohren, sah Gurdjieff verwundert an, als hätte er von Zarathustra das nicht erwartet.

»Wir könnten doch das hier pfänden, eine Zenith von 1910«, Gurdjieff zog aus der Tasche seiner Shorts eine goldene Uhr an einer Kette heraus. »Oder wir verkaufen das hier«, er hob die rechte Hand und deutete auf einen vogelverzierten Silberring. Da er dabei alle Finger bis auf den beringten Mittelfinger einknickte, sah es aus, als zeige er den Gorosias den Mittelfinger.

»Oder ...«

»Oder?«, wiederholte Niko.

»Oder, ich habe noch eine andere Idee.« Ray legte die Uhr auf den Tisch, die Kette obenauf, trank einen Schluck Tee und fragte: »Habt ihr reiche Nachbarn?«

In der Küche wurde es still. Die Gorosias sahen sich an. Diese ganze Unterhaltung, für die Niko tief im Herzen seiner Frau die Schuld gab, gefiel ihm überhaupt nicht. Aber wie so oft, sagte Niko nicht das, was er sagen wollte, sondern das, was man jeweils von ihm erwartete.

»Es gibt da einen«, sagte Niko, »Nugo ... Nugsar Tschikobawa. Aber er wohnt nicht hier. Er besucht hier seine Geliebte.«

»Doch nicht der«, erkundigte sich Ray, »der immer mit dem schwarzen Wagen chauffiert wird?«

»Dieser schwarze Wagen ist übrigens ein gemieteter Brabus«, erklärte Niko stolz, als habe er mit dem Wagen irgendetwas zu tun.

»Sehr gut.« Ray nippte am Tee, stellte das Glas neben die Uhr, »wo genau wohnt die Geliebte?«

»Über uns«, sagte Nino, »im fünften Stock.«

»Dann werden wir«, Ray rieb sich die Hände, »Nugsar entführen müssen.«

»Entführen?« Niko dachte immer noch, Ray mache alberne Scherze, doch senkte er jetzt vorsichtshalber die Stimme.

»Ja, entführen«, bestätigte Ray, »und Lösegeld verlangen.« Nino überlegte, inwiefern der alte Mann in der Lage wäre, das eben Gesagte umzusetzen. Unwillkürlich stellte sie sich Nugo vor, wie er in einem dunklen Zimmer mit Handschellen an einen Heizkörper gefesselt und mit Klebeband geknebelt auf dem Boden saß. Aber sie hatte keine Angst, fragte nur: »Und dann … Wer zahlt das Lösegeld?«

»Darüber reden wir, wenn es soweit ist, Nino Chanum.« Gurdjieff zwirbelte seine Schnurrbartenden zwischen den Fingerspitzen.

»In der Regel zahlen die Angehörigen des Entführten. Aber in diesem Fall wird der Entführte wohl selbst bezahlen. Wer will schon Geschrei und Gerede? Da ist es wichtig, dass wir nichts verpatzen.« Dann sagte er kurz: »Wir machen es. Nugsar ist nicht Enver Hoxha und sein Wagen keiner seiner Betonbunker.«

»Was brauchen wir dafür?«

Gurdjieff war leicht verwundert, dass weder der Name Enver Hoxha noch das Wort Betonbunker die Gorosias beeindruckt hatte.

»Einen glücklichen Zufall«, antwortete Ray und fügte hinzu, da ihn Nino immer noch verwirrt ansah: »Nino Chanum, du erinnerst dich bestimmt, dass Neo auf die Frage des Operators ›Was brauchen Sie außer einem Wunder?‹ antwortet: ›Waffen. Jede Menge Waffen.‹ Aber in unserem Fall werden wir statt Waffen nichts weniger als ein Wunder brauchen.«

Plötzlich fragte Niko:

»Heißt das, entweder wir verkaufen den Ring und versetzen die Uhr oder wir entführen Nugo?«

Nino und Ray wandten sich zu ihm um. Auch Foucault starrte ihn an.

Da bekam Niko zum ersten Mal Angst vor Gurdjieff; so hatte er ihn noch nie erlebt. Ein dunkler Schatten huschte über Rays Gesicht, und seine Augen funkelten auf befremdliche Weise. Plötzlich begriff Niko, dass er Ray bisher gar nicht gekannt hatte. Hinter dem gutmütigen Märchenerzähler und dem schrulligen Alten sah er einen anderen. Einen X-Ray. Bei manchen Menschen kann man durch die Augen direkt in die Seele sehen, und Gurdjieff wollte erkannt werden, da war sich Niko sicher, nicht sicher war er sich, ob dies nur seine Einbildung war. Umso mehr, weil Gurdjieffs schielende Augen sich bereits mit dem altersüblichen Sekret gefüllt hatten, und er sich, wie Niko als nächstes feststellte, weder rasiert noch Schuhe und Strümpfe angezogen hatte. Ray musterte Niko bedächtig von Kopf bis Fuß, als scanne er ihn, dann brach er in Lachen aus.

Sein Doppelkinn wackelte hin und her. »Warum Suliko, warum sprichst du so, warum ›oder‹? Es gibt noch einen vierten Weg: Wir machen alles auf einmal!«

Der türkische Thriller

Im Prinzip wurde der vierte Weg nicht weiter diskutiert. Er war beschlossene Sache. Nugsars Entführung war beschlossene Sache – einstimmig, fast selbstverständlich.

Gurdjieff und die Gorosias saßen im Wohnzimmer am Tisch. Foucault schlief auf dem Sofa. Niko befand sich in der Nähe des Fensters, von wo aus er den Hauseingang gut überblicken konnte. Mit einem Kuli bekritzelte Ray derweil die Ränder der *Orakul* mit winzigen Figuren, die Hieroglyphen ähnelten. Das tat er nicht zufällig, sondern um Nino zu beeindrucken. Und es gelang ihm auch, besonders der Mistkäfer gefiel ihr, und die sitzende Katze mit den gespitzten Ohren, die sie an eine Sparbüchse aus ihrer Kindheit erinnerte. Währenddessen spielte Nino unauffällig auf ihrem Laptop Tetris; nur hin und wieder blickte sie aus dem Augenwinkel auf die Zeitschrift. Niko war so in seine Wächterrolle vertieft, dass er den Malkünsten Gurdjieffs keine Beachtung schenkte. Jederzeit konnte Nugsar auftauchen.

»Moment mal, im Fünften wohnt doch diese Frau«, sagte Ray ohne den Kopf zu heben und malte der Katze eine Pistole an die Stirn, »mit dem prallen Busen und den vollen Lippen?«

»Die ist es«, bestätigte Niko, »Manana Qipiani.«

»Eine wunderbare Frau ist diese Manana, richtig zum Vernaschen!« Gurdjieff merkte, wie inbrünstig seine Äußerung wirken musste, und er wandte sich an Nino: »Nach dir natürlich, Nino Chanum!«

»Natürlich.« Nino musste lachen, wie ähnlich sich die Männer doch sind, dachte sie. Sie hätte gerne noch etwas hinzugefügt, aber in diesem Moment drangen Autogeräusche von der Straße herauf.

Niko sah nach unten, drehte sich rasch um und sagte, mit hochgezogen Brauen, ganz stimmlos, nur mit den Lippen: »Er ist da!«

Foucault richtete die Ohren auf. Nino wurde unruhig. Gurdjieff legte den Zeigefinger auf die Lippen, erhob sich gelassen und verließ mit stolzem Schritt das Wohnzimmer. Foucault sprang vom Sofa, lief ihm hinterher. Gurdjieff presste ein Auge an den Spion in der Wohnungstür, blickte ins Treppenhaus.

Ein Mann mittlerer Größe stieg eilig die Treppe hinauf. Das war Nugsar Tschikobawa. Mit seinem athletischen Körper und den breiten Schultern sah er aus wie ein ehemaliger Wasserballer. Seine Haut war leicht gebräunt … Um den Arm trug er eine schmale Uhr mit einem Lederarmband. Er war gut gekleidet: weißes Hemd, graue Hose, schwarzer Gürtel, schwarze Schuhe. Das an den Schläfen ergraute Haar hatte er nach hinten zurückgekämmt. Nugsar ließ die Treppe schnell hinter sich und verschwand aus dem Blickfeld.

Als sich die Tür im oberen Stockwerk mit einem dumpfen Geräusch schloss, kehrte Gurdjieff wieder ins Wohnzimmer zurück. Die Gorosias empfingen ihn in Habachtstellung, wie Soldaten ihren Vorgesetzten. In gewisser Weise ähnelten sie jener Katze mit gespitzten Ohren, die Ray auf den Rand von *Orakul* gemalt hatte. Und sie starrten Gurdjieff ins Gesicht. Wahrscheinlich in der Hoffnung, er würde ihnen wenigstens jetzt etwas sagen. Die Gorosias wussten schließlich nicht, wie sie sich verhalten sollten und wem welche Rolle in der ganzen Sache bestimmt war. Gurdjieff schwieg darüber, aus irgendeinem Grund. Von der Straße hörte man erneut Autogeräusche.

»Brabus von Gaius Gracchus verlässt seine Stellung?«, fragte Gurdjieff und ließ sich auf das Sofa nieder.

Sein Wortspiel fand keine Resonanz, Niko schüttelte kurz den Kopf.

»Bis morgen früh passiert hier also nichts mehr«, schlussfolgerte Gurdjieff. »Dieser Nugsar, ist er irgendwie mit Arnold Tschikobawa verwandt?«

»Ich weiß es nicht«, Niko setzte sich auf den Stuhl, sah zu seiner Frau, und fragte zurück: »Wer ist denn Arnold Tschikobawa?«

Foucault sprang auf das Sofa und legte seinen Kopf in Gurdjieffs Schoß.

»Einer von früher«, Gurdjieff kraulte Foucault am Ohr, »musste gerade an ihn denken.«

Gurdjieff sprach mit so gleichgültigem Ton, wirkte so gelöst, dass bei Nino der Verdacht aufkam, er habe überhaupt keinen Plan und handele nur aus der Situation heraus. Aber auch das hätte ein Teil des Plans sein können. Gurdjieff liebte es bekanntlich, Menschen zu verwirren.

Niko verlor die Geduld und fragte rundheraus:

»Was machen wir jetzt?«

Gurdjieff sah Niko in die Augen und erwiderte gelassen:

»Wir warten, Suliko, wir warten ...«

Das war keine eindeutige Antwort, aber Nino war erleichtert; vor ihr saß wieder ein Abenteurer, ein zu allem fähiger Mann. So einer wie er hätte doch unmöglich ohne durchdachten Plan gehandelt. So einer konnte sich für alles ausgeben, egal ob Heiliger oder Mörder, Herr oder Knecht. Allerdings verstand Nino immer noch nicht, wozu dieser konspirative Ton nötig war.

»Wollen wir einen Film sehen?«, fragte Nino, um die Stille zu unterbrechen.

»Können wir«, Gurdjieff sah zu Niko, als hätte dieser das letzte Wort, »bis morgen früh ist noch viel Zeit.«

Niko war gerade nicht danach, sich etwas anzusehen, das Warten auf den nächsten Morgen machte ihn nervös, trotzdem sagte er:

»Wir können im Internet was gucken.«

»Was haltet ihr von einem guten türkischen Film?«, schlug Gurdjieff vor.

»Einem türkischen?« Nino konnte sich bis auf Kaffee an nichts ›Gutes Türkisches‹ erinnern.

»Iyi bir Film«, sagte Ray, als spräche er von süßem Baklava, »çok iyi bir Film!«

Niko zuckte nur die Schultern, schob die Unterlippe vor. Rays Äußerung hatte bei ihm ein wenig den Hunger geweckt.

»Schau doch mal, Nino Chanum«, sagte Gurdjieff, ob du irgendwo den Film *Der Weg* finden kannst.«

Nino tippte den Titel ein und starrte auf den Bildschirm.

»Von *Der Weg* gibt es ganz viele«, sagte Nino, scrollte die Liste gleichnamiger Filme hinunter und drehte den Laptop in Gurdjieffs Richtung. »Suchen wir diesen *Weg*?«

Die Webseite auf dem Bildschirm zeigte ein Filmposter mit einem unrasierten, schnurrbärtigen Mann unter einer schwarzen Kappe und einem darüber gewickelten, geblümten Kopftuch, auf dem eine ebenfalls bekopftuchte Frau saß, die einen Quastenschal um die Schultern trug. Beide hatten Schnee auf den Köpfen und kummervolle Gesichter. Anscheinend hatten sie die gleichen und dennoch ganz verschiedene Sorgen. Der Mann blickte nach vorn in weite Ferne, die Frau nach unten, etwas zur Seite weg – in die Ewigkeit.

Gurdjieff kniff die Augen zusammen, unterbrach das Kraulen von Foucaults Ohr und schaute von seinem Platz aus auf das Poster:

»Ja, doğru, Nino Chanum, çok doğru!«, sagte er.

Yol – Der Weg erwies sich als kein so toller Film, wie Gurdjieff ihn angepriesen hatte, außerdem war es kein türkischer, sondern ein kurdischer Film. Auf jeden Fall fanden die Gorosias wahrlich nichts Tolles an dem Film über ein paar unglückselige Gefangene, die für eine Woche aus einem türkischen Gefängnis freikommen. So erfährt etwa Seyit Ali, als er nach Hause zurückkehrt, dass seine Frau ihn betrogen hat. Ihre Verwandten haben sie wie einen Hund in den Keller gesperrt, nun soll Ali sie töten, um die Familie von der Schande zu befreien … Ein anderer Gefangener, Mehmet Salih, der wegen Raub im Knast war, wird von der Familie seiner Frau beschuldigt, seinen Schwager umgebracht zu haben, der in Wirklichkeit während des gemeinsamen Raubüberfalls von der Polizei erschossen wurde. Vergeblich versucht Mehmet, sich zu verteidigen. Schließlich schafft er es zusammen mit seiner Frau Emine, mit einem Zug zu entkommen, das Paar wird aber von einem Verwandten Emines eingeholt und ermordet … Ein weiterer Gefangener, Omar, möchte in sein Heimatdorf zurück und beschließt, die Grenze heimlich zu überqueren. In der Nacht zuvor ist dort sein Bruder, ein Schmuggler, von den Grenzwächtern umgebracht worden etc. etc. Neben den vielen Morden sind alle Helden während des ganzen Films irgendwie verwaschen, unglücklich und hoffnungslos, alles und alle sind von einer gelblichen Staubschicht überzogen.

Im Unterschied zu den Gorosias fesselte der türkische Thriller Gurdjieff so stark, dass er bis zum Schluss den Blick nicht abwenden konnte. Er stöhnte leise und ballte die Fäuste. Am Ende vergoss er sogar Tränen. Die Gorosias mussten annehmen, dass Gurdjieff das Schicksal der Helden so sehr betroffen hatte, dabei brannten ihm lediglich die Augen, weil der kleine Laptop-Bildschirm viel zu nah gestanden hatte.

Die Verklärung am Morgen

Mit hochgestreckten Beinen lag Nino im Bett und zog sich gerade ihre Jeansshorts über, als sie bemerkte, dass Niko sie leicht befremdet ansah, mit einem Auge zumindest, das andere klebte verschlafen auf dem Kissen, als befände er sich halb im Traum, oder glaubte, der Traum gehe noch weiter. »Schnell!«, zischte Nino.

Niko rieb sich die Augen, wie als Kind, wenn er morgens vergeblich versuchte, für die Schule wach zu werden, und fragte schläfrig: »Wie spät ist es?«

»Nach sieben.«

Auch diese Antwort hätte aus seiner Kindheit stammen können.

Durchs geöffnete Fenster drang Verkehrslärm von der Rustaweli herein. Vor ihrem Haus zirpten Vögel im Wipfel eines Baumes. Die Stadt erwachte. Es war kühl. Niko hätte am liebsten noch etwas geschlummert. Dann fielen ihm die gestrigen Ereignisse wieder ein, und er erinnerte sich, dass sie an diesem Morgen einen Mann entführen wollten. Sofort war er hellwach.

Als die beiden ins Wohnzimmer kamen, war Gurdjieff bereits auf den Beinen und hatte auch schon sein Bett gemacht. Offenbar war er gerade mit seinem morgendlichen Tai Chi fertig; auf seinem kahlen, geröteten Schädel lagen Schweißtröpfchen. Nun stand er seitlich am Fenster, blickte in den Hof hinunter. Auch wenn er nur cremefarbene Shorts und ein ärmelloses Unterhemd trug, verriet seine Körperhaltung Ruhe und Selbstherrlichkeit. Oder bildete sich Niko das nur ein? Gurdjieff wirkte kampfbereit wie ein alter Bandenchef. Neben ihm stand Foucault als treue rechte Hand. Allerdings wirkte diese rechte Hand etwas unentschlossen, verstand nicht, was los war.

»Der Brabus ist schon da«, sagte Gurdjieff über die Schulter, wandte sich um und trippelte zur Wohnungstür.

Der Rest war nicht schwer zu erraten: »Gleich kommt Nugsar die Treppe runter«, sagte Niko.

Die Gorosias folgten ihm wortlos in die Diele. Gurdjieff öffnete die Tür einen Spaltbreit, spähte mit einem Auge ins Treppenhaus, hob, ohne sich umzudrehen, den Zeigefinger und zischte leise: »Psst!«

Verwundert stellte Foucault ein Ohr auf; sah mal zu Ray, mal zu den Gorosias.

Auf einmal starrten alle zur Decke. Im oberen Stockwerk fiel eine Tür ins Schloss, dann ertönten auf der Treppe Schritte.

Gurdjieff atmete tief ein, wartete einen Augenblick und

riss die Tür auf. Nugsar blieb auf der Treppe wie angewurzelt stehen, sah Gurdjieff in die Augen. Genau darauf hatte dieser gewartet. Während er ihn fixierte, knirschte er wie ein Nagetier mit dem Unterkiefer. Durch die Einwirkung telekinetischer Kräfte wurde Nugsar bald schwerelos wie ein Astronaut im Weltraum, verfehlte um ein paar Millimeter die nächste Stufe und schwebte Gurdjieff entgegen. Sein Erstaunen und Angst hatten ihn in einen Zustand esoterischer Entgrenzung versetzt. Im selben Moment zog im Treppenhaus ein schwerer, silbergrauer Nebel auf. Auch einen Hauch Bratkartoffeln wehte ein Luftzug herüber.

»Komm, Habibi …« murmelte Gurdjieff. Er hatte schon die Arme ausgebreitet, als wollte er den Mann an sich drücken.

»Komm zu Papa, komm …«

Mit geweiteten Augen und ohne einen Laut flog Nugsar Gurdjieff entgegen. Er schien dem Papa ganz und gar nicht näherkommen zu wollen, doch bewegte ihn eine Kraft, die stärker war als er.

Nino hoffte nur, keiner der Nachbarn würde zufällig aus der Wohnung treten und sehen, was dort geschah. Niko hätte sich am liebsten in die Abstellkammer verkrochen.

Gurdjieff stellte sich auf den Treppenabsatz und empfing Nugsar mit offenen Armen. Als hätten sie sich abgesprochen, schmiegte dieser sich an Gurdjieffs Brust. Er war so schwach und erschöpft, dass er ohne Gurdjieffs Umarmung wohl zusammengebrochen wäre. Gurdjieff schleppte Tschikobawa in die Wohnung, setzte ihn im Flur mit dem Rücken gegen die Wand und schloss die Tür.

Alles geschah so schnell, dass die Gorosias keine Gelegenheit hatten, auch nur einen Finger zu rühren. Noch immer standen sie wie versteinert da. Sie hatten die Szene bis zum Ende verfolgt, wie in einem Film. Der Nebel im Treppenhaus hatte den Kino-Effekt noch verstärkt. Zudem verwandelte Nikos aufgeregtes Gehirn den Bratkartoffelgeruch in den süßlichen Duft von Popcorn.

Tschikobawa blickte kurz zu den Gorosias auf und fasste sich an die Brust. Wie ein gestrandeter Fisch riss er hilflos den Mund auf. Gurdjieff gab ihm eine Ohrfeige. Tschikobawa zuckte unter Krämpfen, sein Kiefer bewegte sich spastisch, Schaum quoll ihm aus dem Mund.

»Hey!« Gurdjieff verpasste ihm eine weitere, kräftigere Ohrfeige. »Lass das!«

Nugsar gab ein lang gezogenes Pfeifen von sich, entspannte sich langsam wieder, erschlaffte und fiel in sich zusammen … Seine Lippen verfärbten sich schwarz, seine Augen waren blutunterlaufen, der Kopf fiel zur Seite. Sein Gesicht schwoll an, wurde dunkel wie eine Aubergine. Gurdjieff beugte sich zu ihm hinunter und führte eindrucksvoll eine berühmte Filmgeste vor: Er legte Zeige- und Mittelfinger an Nugsars Halsschlagader. Eine Weile verharrte er so, schließlich murmelte er: »Sooo.« Insgeheim dachte er bedauernd: »Ich bin ein Teil von jener Kraft, die stets das Gute will und stets das Böse schafft.« Selbst in kritischen Situationen blieb Gurdjieff tief im Herzen ein Dichter.

Niko ging das Gesehene sehr nahe, und es glich einem Wunder, dass es ihm gelang, sich zu zügeln und nicht wild herumzuhüpfen. Nino machte einen ruhigeren Eindruck. Doch war diese Ruhe nur Fassade; in ihrem Gehirn wuselten unzählige Ameisen kreuz und quer. Sie suchte nach einem Ausweg aus der Situation. Vergeblich. Keiner von ihnen brachte einen Ton heraus. Selbst Foucault wedelte die ganze Zeit nur mit dem Schwanz und blickte Ray verwundert an. Schließlich verlor Niko die Geduld und fragte leise: »Ist er tot?«

Gurdjieff stemmte die Hände in die Hüften. Mit dieser Wendung der Ereignisse schien er nicht gerechnet zu haben. Das war jedenfalls Nikos Eindruck. Auch Nino zweifelte an Gurdjieffs übermenschlichen Fähigkeiten.

»Vielleicht ist es sogar besser so.« Gurdjieff schaute hinunter zum mittlerweile steif gewordenen Tschikobawa und sagte etwas unsicher: »Kein Grund zur Panik. Ich habe die Situation im Griff.«

Nino erschauderte. Der leichenblaue Nugsar mit dem verdrehten Hals blinzelte ihr zu. Foucault jaulte auf, leckte ihm das Gesicht.

»Foucault, pfui!« zischte Niko. »Komm her!«

Der Hund kam zwar nicht, hörte aber mit dem Lecken auf. Gurdjieff bückte sich, musterte Nugsars blutunterlaufene Augen: »Lebst du noch?«

Er gab keine Antwort.

»Hörst du mich?«, fragte Gurdjieff erneut. Er blinzelte.

»Kannst du sprechen?«

Kurz darauf kam es dumpf aus Tschikobawas Mund: »Kann ich.«

Gurdjieffs Augen strahlten. Sein Blick war so unschuldig und unbescholten, hätte man ihm einen Ball zugeworfen, er hätte ihn mit der Nase aufgefangen und darauf balanciert. Nun war es klar, dass er lieber improvisierte, statt planmäßig vorzugehen, ganz wie sein geliebter *Dr. House*.

Plötzlich war aus Tschikobawas Hose ein Handy zu hören. Nino hätte vor Schreck beinahe laut aufgeschrien. Gurdjieff wahrte die Fassung, zog das Handy aus Nugsars Hosentasche und hielt es ihm vor die Augen.

»Wer ist das?«

»Mein Fahrer«, röchelte Nugsar.

»Schau mir in die Augen!« Gurdjieff sprach jedes Wort klar und deutlich aus. »Jetzt sagst du deinem Fahrer ganz ruhig, dass du bald runterkommst. Mehr nicht. Verstanden?«

Gurdjieff nahm das Gespräch an, hielt Nugsar das Handy an die Wange.

»Ich komme gleich runter«, sagte Nugsar.

Gurdjieff schaltete das Gerät aus und befahl Tschikobawa: »Steh auf und geh!«

Da hatte er wohl etwas zu viel verlangt, Tschikobawa rührte sich nicht. Gurdjieff erkannte sofort die Poesie dieser Szene und bemerkte auch, wie schroff er sich benommen hatte; jetzt fragte er etwas sanfter:

»Schaffst du es auf die Beine?«

Nugsar schob die Unterlippe vor. Gurdjieff half ihm beim Aufstehen.

Nino sah Nugsar Tschikobawa zum ersten Mal aus der Nähe. Er war etwas kleiner als Gurdjieff. Mit seinem trainierten Körper, der schmalen Taille und den breiten Schultern erinnerte er an einen Zwergpinscher. Er war ein attraktiver Mann. Nur sein geschwollenes Auberginengesicht war nicht mehr sehr ansehnlich.

»Du gehst jetzt …« Gurdjieff sah Nugsar in die Augen, steckte ihm das Mobiltelefon in die Hosentasche, sprach dabei sehr langsam, machte nicht nur zwischen den Wörtern Pausen, sondern zog jedes einzelne Wort merkwürdig in die Länge: Er programmierte oder hypnotisierte Tschikobawa auf seine Art.

»Erzähl keinem davon, was hier passiert ist. Heute Abend kommst du allein hierher zurück und bringst eine Million Euro mit. Verstanden?«

»Verstanden«, röchelte Nugsar. Seine verhärtete Zunge konnte er kaum noch bewegen.

Gurdjieff öffnete die Tür, spähte ins Treppenhaus, drückte sich an die Seite, machte Nugsar Platz.

»Komm schon.«

Nugsar Tschikobawa ging mit schweren Schritten hinaus. Mit schlaff herabhängenden Armen stieg er die Treppe hinunter … Gurdjieff schloss hinter ihm die Tür, drehte sich schlagartig um und streckte den Gorosias seinen Zeigefinger wie eine Pistole entgegen: »Ihr bekommt eure Million.«

Dritter Akt

Der Schokoschnurrbart

Alles war so abstrus verlaufen, dass die Gorosias tatsächlich glaubten, Nugsar Tschikobawa würde ihnen eine Million vorbeibringen. Es fiel Ihnen nicht einmal ein, dass der gleiche Tschikobawa ihnen auch Probleme bereiten könnte. Sogar große Probleme.

Nino fasste den Entschluss, ihren Job zu kündigen. Eine Frau wie sie hatte im Tbilissier Rathaus nichts verloren. Schon gar nicht in der Abteilung für Sportwesen. Eine gesundheitsbewusste, sozial engagierte Gipfelstürmerin war sie nie gewesen. Die Heimstätte solch gesunder Vorsätze war kein guter Platz für eine Frau. Insbesondere, wenn sie große blaue Augen und einen melancholischen Blick hatte.

Niko plagte währenddessen der Gedanke, dass sie mehr hätten verlangen sollen. Erst jetzt, nachdem die Operation ohne Zwischenfälle verlaufen war, kam ihm eine Million als zu wenig vor. Er tröstete sich damit, dass in der Zeit der Weltwirtschaftskrise die Kaufkraft dieser einen Million doppelt so hoch war wie sonst. Nur Gurdjieff war es vollkommen gleich, was Tschikobawa letztlich bringen würde, Geld oder Probleme.

Kaum war Niko wieder in der Küche, schaltete er den Wasserkocher ein, öffnete ein Nutella-Glas und schmierte sich ein Brot. Nino setzte sich auf einen Stuhl, zündete eine Zigarette an. In den Hof hinunter schaute sie nicht mehr, beim Anblick von Tschikobawas auberginenfarbenem Gesicht hätte es ihr fast den Magen umgedreht. In der Küche war zudem keine gute Luft; eine Mischung aus Hundefutter und Müll. Dabei wäre vom Fenster aus gut sichtbar gewesen, wie der steife Tschikobawa aus dem Treppenhaus in den Hof trat, die Hintertür des Brabus öffnete und sich schwerfällig auf den Rücksitz fallen ließ. Niko bemerkte den Gestank nicht und verteilte noch immer behutsam und voller Hingabe die Schokocreme auf seinem Brot, wie ein Maler, der mit einem Spachtel Farbe auf eine Leinwand aufträgt.

Nun kam auch Gurdjieff in die Küche. Über das Unterhemd hatte er ein cremefarbenes Hemd gezogen, seine Füße steckten in Nikos alten Turnschuhen. In der Hand hielt er Foucaults Leine. Der Hund stand neben ihm, wedelte beiläufig mit dem Schwanz.

»Ich gehe mit Foucault spazieren«, sagte Gurdjieff, und da er den Müll gerochen hatte, fügte er hinzu, »und bringe gleich auch den Müll raus.«

Das Wasser im Wasserkocher begann zu kochen. Gurdjieff drückte die Fußspitze auf das Pedal des Mülleimers, zog aus dem Eimer eine mit Müll gefüllte Tüte. Nino aschte die Zigarette in den Aschenbecher und bemerkte, wie schon oft, dass Gurdjieff weißgelbe, pfahlförmige und völlig unbehaarte Beine hatte, als hätte er sie kurz zuvor rasiert.

»Kommt ihr bald wieder?«, fragte Niko, ohne den Kopf zu heben.

»Wir gehen hoch Richtung Mamadawiti Kirche.« Gurdjieff knotete die Tüte zu, »oder auch noch den Berg rauf.«

»Dann nimm bitte einen Schlüssel mit«, sagte Niko, »vielleicht gehen wir auch vor die Tür.«

Nino sah ihren Mann ein wenig verwundert an. Noch immer verteilte er wie ein Maler die Schokolade auf der Brotscheibe. Nikos Äußerung hatte eigentlich gar nichts Verwunderliches an sich. Nur in seinem Ton entdeckte Nino eine eigenartige Unbekümmertheit.

»Ich hoffe, ihr kommt nicht zu spät zurück«, lispelte Gurdjieff wie ein Kind, »und lasst mich hier allein mit der Million sitzen!«

Mit einem Klacken schaltete sich der Wasserkocher ab.

»Wir hätten mehr verlangen sollen«, sagte Niko und hob erst jetzt den Kopf.

Zu einem anderen Zeitpunkt hätte er sich nicht getraut, ihm so etwas direkt zu sagen. Nicht weil er Ray für einen guten Kämpfer hielt und sich in der Hand eines guten Kämpfers alles, sogar eine Mülltüte, in eine gefährliche Waffe verwandeln konnte. Er hätte es sich wegen seines hehren Bildes von Ray nicht getraut, das stark von den Artikeln im Internet geprägt war. Aber hier ging es um eine so große Summe, dass er auch das außer Acht lassen konnte. Wenn auch nur kurz.

Übrigens sah auch Gurdjieff sich nach diesen Internetartikeln selbst ganz anders als zuvor. Früher hätte er tief im Herzen kaum zugelassen, dass sein Name so lange nach seinem Tod noch einen gewissen Grad an Aktualität hätte. (Und das, obwohl er selbst sehr darum bemüht gewesen war, sich einen Namen zu machen und diesen später in geheimnisvollen Nebel zu hüllen.) So war es dann passiert. Was man etwa daran sah, dass seine Biografie derart verunstaltet worden war. Gurdjieff entsprach sich in diesen Artikeln natürlich genauso wenig, wie manche Portraitfotos den auf ihnen abgebildeten Personen ähnelten, doch das war nicht so entscheidend. Entscheidend war, dass es zwei Gurdjieffs gab. Einen, der gerade mit einer Mülltüte in der Hand in der Küche stand, und einen anderen, eine konturlose, digitale Schablone, die nur in der Silikonwüste existierte.

Gurdjieff wandte sich ruckartig Niko zu und sprach zum ersten Mal seit dem Beginn ihrer Bekanntschaft mit vollem Ernst:

»Du hast recht.«

Wie zur Antwort biss Niko in sein Nutellabrot, und nachdem er abgebissen hatte, das dickbestrichene Brot zwischen den Fingern, stand ihm ein Schokoladenschnurrbart über der Lippe, der in den Mundwinkel schwungvoll aufwärts zeigte.

Nino drehte den Peugeot-Schlüssel und startete den Wagen. Niko drückte auf den Fensterheber und ließ die Scheibe ganz herunter fahren. Keinem der beiden fiel auf, dass sich das Radio automatisch einschaltete und in niedriger Lautstärke elektronische Musik erklang: ein rhythmisches Klappern, regelmäßiges Piepen und monotones Klopfen, dazu ein durchgehendes bohrmaschinenartiges Gebrumme.

»Wohin soll es gehen?« Fragte Nino.

»Mir egal«, erwiderte Niko, »irgendwohin, lass uns einfach spazieren fahren.«

Zu einem anderen Zeitpunkt hätte Nino sicher gefragt, was sie sich bitte unter diesem »irgendwohin« vorstellen sollte, aber sie sagte nichts, denn sie kam sich neben Niko jetzt wie ein kleines Mädchen vor, und das erregte und amüsierte sie ungemein. Was allerdings auch eine Reaktion auf den Stress am Morgen sein konnte.

An diesem Tag sprach Niko weniger als sonst, aber er dachte mehr. Was seinerseits leicht zu verstehen ist. Eine Million würde selbst eine Maus nachdenklich stimmen.

Als sie den Hof verließen, blickte Niko hoch zu Mananas sonnenbeschienenen Fenstern. Nur ein gardinenbehangenes Fenster im Schlafzimmer stand halb offen. Er konnte nicht genau erkennen, ob gerade in diesem Augenblick ein Gesicht vorbeihuschte oder ob nur das Glas die Sonne spiegelte.

Es war ein ganz gewöhnlicher Sonntag; die alte Sina saß im zweiten Stock in ihrem Sessel, vor ihr baumelten wie immer ein paar mit Naphthalin behandelte Wollsachen zum Auslüften an einer Wäscheleine. Neben der Garage eines Nachbarn hielt sich ein Mädchen die Augen zu und zählte laut und mit feiner Stimme: »Zehn … neun … acht …« Kinder rannten umher. Suchten eilig nach einem Versteck. »Sieben … sechs … fünf …»

Das Mädchen weckte in Nino Erinnerungen an ihre eigene Kindheit. Daran, wie sie einmal mit ihrem Vater in der Seilbahn zum Schildkröten-See hochgefahren war. Damals hatte Nino zum ersten Mal Zuckerwatte gegessen. Sie verklebte ihr die Lippen und kratzte in der Kehle, als wären in dem süßen, weichen Wölkchen an einem langen Stock kleine Glasscherben versteckt gewesen. Die Zuckerwatte hatte viel verlockender ausgesehen, als sie tatsächlich schmeckte. Seitdem war einige Zeit vergangen.

»Wollen wir hoch zum Schildkröten-See fahren?«, fragte Nino.

»Wir wollen«, antwortete Niko.

Niko dachte beim Anblick des kleinen Mädchens an etwas anderes, an den Abend der Séance, und wie Gurdjieff geglaubt hatte, gleich wieder zu verschwinden. Wie er mit gezückter Uhr bei ihnen in der Küche gestanden hatte und anfing zu zählen.

Nino drehte das Radio ein wenig lauter, das Klappern, Piepen und Klopfen schwoll an. Sie fuhren die Arsenastraße hinunter. Der kahle Abdullah, ein Kurde, trug auf seinem Rücken einen großen Tampex-Karton von einem an der Straßenecke geparkten Ford Transit zu einem Supermarkt.

Im Stadtteil von Mtazminda hatte sich mit der Zeit alles verändert, die eine hatte schlecht geheiratet, die andere sich im Guten scheiden lassen, diesen hatte man ins Gefängnis gesperrt, jenen ermordet, wieder eine andere hatte sich die Lippen mit Botox aufspritzen lassen; die vertrocknete Espe war gefällt worden und ein Müllcontainer mit Rollen hatte ihren Platz eingenommen; die Straße war vor langer Zeit von Atarbegow in Dsmebi-Subalaschwili-Straße umgetauft worden, wurde aber nach wie vor Atarbegow genannt; der Sowjetische Feinkostladen war nun ein Supermarkt … Nur der kahle Abdullah blieb, wie er immer schon war, wie Niko ihn noch aus der Kindheit kannte: alt, ausgemergelt, mit einem blassgelben, faltigen Gesicht, das an eine Frau erinnerte. Stets trug er eine filterlose Zigarette zwischen den Lippen und schleppte sein ganzes Leben lang irgendetwas hin und her. Niko hatte ihn schon mit allem Möglichen beladen gesehen: einem großen Zuckersack, einem Kanister Butterschmalz … Mit einem Karton Damentampons auf dem Rücken sah er ihn heute zum ersten Mal.

Wattebeine

Als sie am Schildkröten-See angekommen waren, wollte Nino gleich wieder weg. Wie immer, bei jeder Tages- und Jahreszeit, war dort alles voller Menschen und Autos. Dabei gibt es doch höchstens zwei Gründe, zum Schildkröten-See zu fahren; erstens: Du hast keine Möglichkeit, woanders hinzufahren; oder zweitens: Du kannst von dort jederzeit wunderbar auf Tbilissi hinunterblicken und dich wieder einmal davon überzeugen, dass es nicht die Stadt deiner Träume ist.

Nino drehte schon am Lenkrad, um kehrtzumachen, als wie gerufen, direkt vor ihr ein Parkplatz frei wurde; ein dunkelgrüner Opel fuhr rückwärts aus der Parkreihe, wendete und fuhr die Straße hinunter nach Tbilissi. So eine Chance konnte man sich eigentlich nicht entgehen lassen. Nino zögerte dennoch, sie wollte die Chance gar nicht nützen, aber hinter ihr hupte ein silberner Mercedes und bedeutete ihr, sich zu beeilen. Und dann schwenkte auch schon ein Parkplatzwächter in orangefarbener Weste einladend seinen geringelten Stock, bot ihr den freigewordenen Platz an. Nino parkte ein.

Die beiden stiegen nicht aus, sondern blickten durch die Windschutzscheibe auf die Stadt, von der ein fernes, dumpfes Summen aufstieg. Niko schien es, als sähe er ein anderes Tbilissi vor sich. Er hätte kaum erklären können, wie dieses andere Tbilissi genau war, was ein anderes Tbilissi überhaupt bedeutete. Zum ersten Mal in seinem Leben dachte er, diese Stadt sei doch nicht so hässlich und trostlos wie er immer gedacht hatte. Dort war offenbar einiges möglich. Dort leben zum Beispiel. Auf einmal verspürte Niko sogar Lust, Tbilissi zu fotografieren.

»Wo würdest du in Tbilissi wohnen wollen?«, fragte Niko.

Nino beugte sich in ihrem Sitz nach vorne, blickte über die einzelnen Bezirke, durchschritt sie eilig in Gedanken und zeigte schließlich mit dem Finger hinunter.

»Siehst du das weiße Haus dort?«

Niko folgte vergeblich Ninos Finger.

»Da sind viele weiße Häuser.«

»Das hohe da … am Msiuri-Eingang.« Niko musterte das Gebäude.

»Würdest du dort wirklich wohnen wollen?«

»Ja«, sagte Nino, »du nicht?«

»Ich weiß nicht.« Und Niko fügte nach einer Weile hinzu: »Lass uns hier wegfahren.«

Noch immer kam Nino sich neben Niko wie ein kleines

Mädchen vor. Fügsam, ohne ein Wort, steuerte sie den Wagen aus der Parklücke. Schon sausten sie hinunter in Richtung Tbilissi.

Am Wake-Park angekommen kaufte Niko im erstbesten Zeitungskiosk das Anzeigenblatt *Wort und Geschäft* und eine Schachtel Winston blau. Wieder am Wagen gab er Nino die Zigaretten und schlug selbst die Zeitung auf. Vielleicht hätte jemand anderes mehr Emotionen gezeigt und das leicht verdiente Geld genüsslich verpulvert, hätte in Rekordzeit all das erlebt, was ein Normalsterblicher nur aus Illustrierten kennt, wäre schnell aufgestiegen und noch schneller wieder auf dem Boden gelandet. Nikos Gehirn funktionierte anders. Und zwar mit der Besonnenheit eines stillen Investors. Er ließ sich nicht vom Geld blenden, im Gegenteil, es schien ihm ein drittes Auge zu öffnen, das wachsam und klug war. In Gedanken begann er, sich sein Leben gemütlich einzurichten. Getrieben von rein rationalen Impulsen, ohne ideellen Überschwang. Von unerschöpflichen Koksvorräten hatte er ohnehin nie geträumt, auch nicht davon, Champagner aus der Flasche zu trinken oder mit Fotomodellen im Whirlpool zu liegen.

Nino steckte sich eine Zigarette an, sog den Rauch tief ein. Sie empfand ihrem Ehemann gegenüber etwas, was sie nie zuvor empfunden hatte: Ihr war, als spürte sie am ganzen Körper, dass neben ihr ein Mann saß. Der Mann kam ihr zudem wie ein Fremder vor, dessen Nähe höchst aphrodisierend wirkte. Das ist unschwer zu verstehen, zumal ihre eheliche Beziehung schon seit Langem in eine typisch georgische, will heißen sexfreie Freundschaft übergegangen war; hinzukam, dass Niko normalerweise jede Form von Initiative fremd war. Seine plötzliche Lebhaftigkeit faszinierte Nino. Es war ungefähr so, als würde ein Hase eine Python in seinem Bann halten. Nur dass der Hase davon nichts wusste.

Sie steuerte den Wagen von der fast leeren Tschawtschawadse-Allee zum Tawisupleba-Platz. Sie achtete nicht darauf, dass im Radio die Werbung zu Ende war und ein aggressiver Rap aus den Lautsprechern dröhnte. Ihren Nacken und Rücken hinunter, zwischen ihren Schenkeln krabbelten unzählige Ameisen. Ihre Beine waren wie aus Watte.

Auf Stress reagieren manche Menschen mit vermehrtem Redefluss, bei anderen verstärkt sich die Denkaktivität, wieder andere bekommen einfach Durchfall oder verlieren den Appetit. So gesehen geschah bei den Gorosias nichts Außergewöhnliches; es war nur Chemie: Der eine zeigte auf einmal Initiative, die andere war von dieser Initiative wie gelähmt. Hinzukam, dass Niko die ganze Zeit ein vielsagendes Schweigen beibehielt, wodurch er an einen Hollywood-Mafioso erinnerte und gleichzeitig an einen Kleinkriminellen, der einen Hollywood-Mafioso spielte.

Als die beiden das erste Universitätsgebäude hinter sich gelassen hatten, wählte Niko in seinem Handy eine Nummer aus der Zeitung:

»Spreche ich mit Nani?«, begann er zögernd. »Ich rufe Sie wegen der Anzeige an. Ja. Ist es das Haus am Msiuri-

Eingang? Ja. Also nein. Natürlich. Wann könnten wir uns die Wohnung ansehen? Mit der Ehefrau zusammen. Ja. In einer Stunde an dem Eck zwischen Tschawtschawadse und Araqischwili. Bis dann.«

Der Pilzsammler

Im Wald oben auf dem Mtazminda rutschte Gurdjieff auf einem Tannenzapfen aus. Er verlor das Gleichgewicht, überschlug sich wie ein Zirkusbär einige Male und prallte mit dem Kopf gegen einen moosigen Stein, so heftig, dass ihm schwarz vor Augen wurde und seine Ohren dröhnten. Vor Schmerz hätte er beinahe das Bewusstsein verloren. Er spürte nicht, dass eine kleine Glasscherbe sein rechtes Knie verletzt hatte. Völlig benommen erhob er sich vom Boden, der mit Nadeln und feuchtem Laub bedeckt war. Genau an dieser Stelle lagen Eierschalen und eine zerbrochene Weinflasche, an der noch ein blasses, knittriges Kindzmarauli-Etikett klebte.

Gurdjieff sah nicht, wie am Fuße einer Tanne ein rotköpfiger Pilz sein Köpfchen aus dem Laub reckte. Hätte er ihn gesehen, so hätte er in ihm sofort den jungen Gribojedow erkannt, mit seiner runden Brille auf der Nase, dem Regenbogen in den Augen und dem roten, weißgepunkteten Hut.

Berichten zufolge irrt der Geist Alexander Gribojedows noch heute im Mtazminda-Wald umher. Er soll des Öfteren in Pilzen Unterschlupf finden. Was durchaus verständlich ist, wenn man bedenkt, dass der 1829 in Teheran ermordete Dichter unweit von hier, im Mtazminda-Pantheon begraben liegt. Das Hausen in Pilzen ist für Gribojedow nichts Ungewöhnliches. Was könnte ein besserer Wohnort für einen Pilzesser sein als ein Pilz*. Es ernähren sich ja einige von dem Organismus, den sie bewohnen. Daher auch der Regenbogen in seinen Augen.

Gribojedow besaß, genau wie Gurdjieff, einen ungemein geheimnisvollen Blick. Vermutlich geschieht das automatisch, wenn man über ein Jahrhundert einen Pilz bewohnt und sich auch noch von ihm ernährt.

Aber auch Gribojedow sah Gurdjieff nicht, weil man mit einem Regenbogen in den Augen ohnehin kaum etwas sieht und es wenig hilfreich ist, wenn sich der Gegenstand in Spiralen dreht. Gribojedow stand verschmitzt lächelnd unter der Tanne, rauchte eine Pfeife und blies dabei violetten Rauch, der süßlich schmeckte, aus seinen Lippen und in Gurdjieffs Richtung. Dieser war davon bald ziemlich benebelt. Bedauerlicherweise verfehlten sich hier zwei große Geister. Umso mehr, weil Gribojedow und Gurdjieff einander sehr ähnelten. Nicht nur aufgrund ihres geheimnisvollen Blicks, auch nicht, weil beide fern der Heimat be-

* Der Familienname Gribojedow bedeutet im Russischen »Pilzesser«. »Grib«: Russ. Pilz, »Jed«: indoeuropäisches Erbwort für Essen.

graben lagen oder weil die Globalisierung heute alles und jeden angleicht und in Stereotype verwandelt – es gab noch einen weiteren Punkt, der die beiden Kämpfer miteinander verband.

Die Gerüche von Nässe, Moos und Fäulnis mischten sich mit dem Rauch und ergaben einen berauschenden Duft. Und so bemerkte Gurdjieff die blutende Schnittwunde erst, als Foucault ihm das Knie leckte. Er musste lachen, denn das erinnerte ihn an eine Knieverletzung seiner Kindheit, bei der ebenfalls ein Hund die blutende Wunde geleckt hatte. Ein kaukasischer Schäferhund, der auf den Namen Philo gehört hatte. Sein Vater hatte ihm zum dritten Geburtstag einen schwarzen, flauschigen Ball geschenkt, an dem Gurdjieff eine feuchte Schnauze, rosafarbene Pfoten und einen zarten Milchgeruch bemerkte.

Gurdjieff musterte Foucault und stellte fest, dass er so gut wie nichts über diesen Hund, der ihn an eine große weiße Ratte erinnerte, wusste. Genauso wenig wusste er über dessen Besitzer oder die Stadt, deren Silhouette zwischen den Bäumen durchschimmerte. Es waren die Umrisse von Mtazminda und Sololaki. Die riesige Zinkstatue in den Ruinen der Narikala-Burg, mit einer Trinkschale in der einen und einem Schwert in der anderen Hand, war ein wenig nach vorne gekippt, viel fehlte nicht, und sie würde hinunter auf die Stadt stürzen. An den alten Häusern aus rotem Backstein standen die Satellitenschüsseln von den Dächern ab wie Ohren.

Durch die engen Gassen der Stadt hatten früher die Händler ihre Esel geführt. An jeder Ecke gab es Mazoni, Fladenbrot, Wein und Kakis zu kaufen. Tbilissi hieß damals Tiflis, und es gab dort jede Menge Georgier mit flacher Stirn, Tataren mit Goldzähnen, Armenier mit zusammengewachsenen Augenbrauen, Tscherkessen mit grauem Haar, Perser mit roten Fingernägeln.

Es war ein wahres Vergnügen gewesen, die Frauen in bunten Kleidern und mit geröteten Wangen aus den Schwefelbädern herausschlendern zu sehen. Diese angenehme Erinnerung verflüchtigte sich sogleich, als Gurdjieff die alten Weiber von Tbilissi einfielen. Ein russischer Dichter hatte mal gesagt, sie seien die Schlimmsten – allesamt Hexen. Dabei ist die Nationalität völlig bedeutungslos. Die alten kaukasischen Weiber sind alle Hexen: Hörner, Hufe und Schwanz bekommen sie vererbt, den Besen zum Fliegen müssen sie sich verdienen.

Gurdjieff blickte auf Tbilissi hinunter, ohne die geringste Ahnung, wozu er sich in dieser Stadt aufhielt, was er in diesem Wald zu suchen hatte, mit diesem weißen Hund, der ihm hingebungsvoll das Knie leckte. Ganz wie ein richtiger Philosoph stellte er schließlich fest, dass er auch über sich selbst wenig wusste. Die Redewendung »Verstand schafft Leiden« brachte es auf den Punkt.

Da saß also Gurdjieff auf dem Boden und wurde sentimental. Er erinnerte sich an einen heißen Sommermorgen, an dem ihn seine Mutter zum Fleischholen auf den Markt geschickt hatte.

»Kauf ein Stück mit Knochen«, hatte sie gesagt und aus den Falten ihres Kleides das Geld gezogen, »zwei Pfund«. Dicke Augenbrauen hatte Gurdjieff damals und ein erster Bartflaum zierte seine Oberlippe. Wegen Lausbefall hatte man ihm seinen Eierkopf kahl rasiert.

Natürlich war diese ganze ›Erinnerung‹ ein Streich seines Verstandes. Gurdjieff ›erinnerte sich‹ an seinen Gang zum Markt so detailliert, dass ihn kein Zweifel trübte, es könne alles nur sein eigenes Hirngespinst sein. Schwer zu sagen, was es war. Eine vorübergehende Verwirrung des Geistes – eine Art Paramnesie – oder gab ihm der unter der Tanne stehende Rotkäppchen-Gribojedow all das unwissentlich ein?

So kam es, dass der verwirrte und vom Rauch benebelte Gurdjieff diese ›Erinnerung‹ als Wahrheit nacherlebte und vor seinem geistigen Auge sah, wie er und Philo einst auf dem Weg zum Schiraki-Markt an Hecken und Zäunen vorbeigezogen waren. Gurdjieff trug einen kleinen Korb in der Hand, mit einem sauberen, gefalteten Leinentuch darin, um das Fleisch einzuwickeln. Philo führte ihn stolz, rannte immer wieder vor und verschwand für eine Weile. Der heiße Wind trug hin und wieder einen fauligen Gestank zu ihm herüber; irgendwo verweste etwas. Es war das erste Mal, dass Gurdjieff ohne den Vater so weit von zu Hause entfernt unterwegs war. Denn dieser lag mit einem Schlangenbiss im Bett, fiebernd und fröstelnd, und brauchte Fleischbrühe.

Am Vortag war die Mutter eilends aus dem Haus gerannt und mit der winzigen Siranush zurückgekehrt. Diese trug einen Ledersack bei sich. Ihr Gesicht war wachsbleich, die Nase lang, und auf einer ihrer eingefallenen Wangen saß ein behaartes Muttermal. Ihr schwarzes Kleid war grünlich ausgeblichen. Sie sah aus wie eine Vogelscheuche. Von einem Granatapfelbaum blickte Gurdjieff durch das Fenster hinunter ins Zimmer. Siranush umwickelte den Griff eines Löffels mit einem Tuch und schob ihn dem Vater in den Mund. Dieser biss kräftig die Zähne zusammen und die winzige Frau schnitt ihm ein rundes Stückchen Fleisch aus dem Bein heraus. Dann saugte sie Blut aus der Wunde, saugte lange, unverdrossen, spuckte das Blut in eine Schüssel, die ihr die Mutter hinhielt. Als der Blutfluss endlich schwächer wurde, strich sie mit dem Zeigefinger etwas Salbe in die Wunde und legte einen Verband an. Bevor sie ging, sagte sie: »Im Krabadin steht: Sollte nach dem Bissen einer Schlange einer schwach, bedrückt und kraftlos sein, so koche man Fleisch ab und gebe ihm die Brühe zu trinken.« Erst am Abend erzählte die Mutter Gurdjieff, dass der Vater von einer Schlange gebissen worden war.

Im Königreich der Zauberspiegel

An diesem Tag war es unerträglich heiß, in der glühenden Sonne wartete ein einziger Bettler an der Steinmauer neben dem Eingang zum Markt – da wo seine Beine hätten sein sollen, war ein Holzbrett. Vor ihm stand eine verrostete Schüssel mit Kleingeld. Er war sonnenverbrannt und um die Taille trug er einen alten Lumpen, die Haut an den schmalen Schultern bröselte. Er glich eher einer Statue aus Stein als einem Lebewesen. Man übersah ihn leicht, da er bis auf die Knochen abgemagert war und – staubbedeckt von Kopf bis Brett – sich kaum von der Mauer abhob.

Nur wenige Menschen waren auf dem Markt. Ein Pflaumenverkäufer schlief mit offenen Augen auf einem wackeligen Stuhl. In einem offenen Sack lagen vor ihm die schimmernden Pflaumen wie blaulila Halbedelsteine. Daneben hingen, großen Rosenkränzen gleich, Schnüre mit getrockneten Früchten. Ein alter Flickschuster mit nur einer Leinenschürze auf der nackten Haut hielt mehrere

Nägel zwischen den Lippen und hämmerte einen Absatz auf einen abgetragenen Stiefel. Aus seinem Unterstand, der kaum größer war als eine Hundehütte, roch es nach Leder und Klebstoff.

Von irgendwoher hörte man das Schwirren einer Rohrflöte, ohne dass der Spieler selbst zu sehen war. Er blies eine alte, wehmütige Weise, die vom Schicksal eines geschlagenen Mannes erzählte. Ein Trödler hatte ein Leinentuch auf der Erde ausgebreitet. Was man nicht alles dort entdecken konnte: einen alten Holzkamm, eine Drehorgel, goldbestickte orientalische Schnabelschuhe, ein silbernes Salzschälchen, ein vergilbtes Mundstück aus Elfenbein. An einem Pfosten lehnte ein großer Spiegel in einem dunklen Holzrahmen. Es war ein außergewöhnlicher Gegenstand, als wäre aus den asymmetrischen Scherben verschiedener Spiegel ein Mosaik zusammengesetzt worden, das die Umgebung gekrümmt und verzerrt wiedergab. Unter diesem seltsamen Spiegel döste ein aufgeplustertes und von der Hitze verblödetes Huhn. Vor dem Vogel lagen ein paar rötlich-bunt schillernde Federn, die im Wind sanft hin und her wiegten.

Zwei Schritte weiter krabbelten auf einem Markttisch Fliegen über Fleischstücke. Der üble Gestank, den der Wind herübertrieb, wurde immer aufdringlicher. Am Rand des Tisches war ein Kuhkopf abgestellt worden. Auf dem schwarzvioletten Maul saß eine grüne Fliege, fast so groß wie ein kleiner Frosch. Der Kuhkopf sah Gurdjieff neugieriger an als der dicke Fleischer, der mit halb geschlossenen, listigen Augen auf einem Stuhl kauerte. Entweder hatte er zu viel Sonne abbekommen oder er hatte getrunken, vielleicht auch beides. Er ähnelte einem trägen Tier, das lange Zeit starr auf ein Opfer wartete.

»Ein Stück mit Knochen, bitte«, sagte Gurdjieff, »zum Kochen.«

Der Metzger raffte sich unwillig auf und verscheuchte mit seiner haarigen Hand die Fliegen vom Fleisch. Seine weißgraue Schürze war rot verschmiert, auch unter seinen Fingernägeln klebte getrocknetes Blut.

»Wie viel?«

»Zwei Pfund.«

»Zwei Pfund …«, wiederholte der Metzger unzufrieden. »Für wen ist das, für eine Katze?«

»Für den Vater«, Gurdjieff war gekränkt.

Der Metzger sagte nichts mehr, schielte über den Tisch, und warf ein Stück Fleisch auf die Waage. In diesem Moment bemerkte Gurdjieff einen Mann hinter der Hütte des Flickschusters. Mit breiten Nasenlöchern, fleischigen Lippen und dichtem Haar, als hätte er eine Fellmütze auf. So dunkel wird man nicht durch die Sonne, der Mann war komplett schwarz. In seiner Tschocha steckten vorne an der Brust silberne Patronen, auch hing am Gürtel ein silbernes Schwert. Sein schneeweißes Ross ließ er Kandis aus der Hand fressen. Das Tier schien zu leuchten, nur sein Maul war grau-rosa, die Nüstern und die Augen kohlrabenschwarz. Gurdjieff begriff sofort, dass dies der Mann war, von dem man in letzter Zeit so viel sprach. Alle erzählten dasselbe, in der Stadt sei ein schwarzer Mann aufgetaucht. Niemand wusste, was der Schwarze in der Stadt wollte oder wer zum Teufel er überhaupt war.

Der Mann blickte sich um, und sein eines Auge fiel zufällig auf Gurdjieff. Das zweite war völlig matt und tot. Gurdjieff fröstelte, weil er wusste: Das Erlöschen eines Auges ist ein Zeichen für den Tod. Auch glaubte er, durch das gesunde Auge in die Seele des Mannes geschaut zu haben, der auch innen schwarz und dunkel war wie die Nacht. Außerdem sah er jemandem zum Verwechseln ähnlich. Der Metzger riss Gurdjieff aus den Gedanken: »Das sind mehr als zwei Pfund.« Er packte das Fleischstück in Gurdjieffs Korb und legte noch ein Stückchen gelben Speck obendrauf. »Und das hier dazu, für die Bouillon.«

Der Rohrflötenspieler ließ einen lang gezogenen Ton vibrieren.

Gurdjieff bedeckte das Fleisch mit einem Tuch, nahm das Wechselgeld des Metzgers, und kaum hatte er sich umgedreht, wieherte plötzlich das Ross. Er schaute hinüber, wurde aber von einer Sonnenreflexion im Spiegel des Trödlers geblendet. Beim Wiehern sprang Philo ungeschickt zur Seite und stieß gegen den Spiegel.

Bevor der Spiegel Gurdjieff auf den Kopf fiel, spiegelte jede einzelne Scherbe ihn tausendmal. Besser gesagt sog jede einzelne Scherbe ein Stückchen von ihm auf wie ein Staubsauger. Für den Bruchteil einer Sekunde sah Gurdjieff in all diesen Scherben seinen Doppelgänger, in manchen langhalsig wie eine Giraffe, in anderen kugelrund, oder gewunden wie ein Wurm. Gurdjieff bekam es unversehens mit der Angst, wie in einem Albtraum. Er fürchtete, für immer in den Spiegelscherben stecken zu bleiben. Im Königreich der Zauberspiegel, um genau zu sein. Das Ross wieherte ein weiteres Mal. Man hörte den Hufschlag. Gurdjieff fragte sich, ob es ein optischer Trick war oder ob in den Scherben der schwarze Mann wirklich auf dem weißen Ross ritt. Hinter dem Reiter wirbelte eine Staubwolke auf. Die Zeit schien stehen geblieben zu sein, Staub und Federn standen starr in der Luft.

Wie eine Puppe saß Gurdjieff benommen auf der Erde und schielte vor sich hin. Die Knieverletzung spürte er nicht. Überall lagen Spiegelscherben und bunte Federn. Um ihn herum versammelten sich Menschen. Sie öffneten die Münder, ihre Stimmen waren nicht zu hören. Abrupt verstummte auch die Rohrflöte. Das rote Huhn schaute sich mit seinen runden Augen um, lodernd und funkelnd wie Glut. Gurdjieff fragte den Vogel mittels Telepathie: »Bist du ein Feuervogel?«

Der Vogel stocherte mit dem Schnabel im Staub und in den Scherben und antwortete ebenfalls mithilfe von Telepathie: »Für die einen ein Feuervogel, für die anderen nur ein Huhn.«

Gurdjieff kam gleich zur Sache. »Weißt du, wer der schwarze Mann ist?«

»Das ist der dunkelhäutige Abchase, lebt in Adsiubsha, im Kodori-Tal«, antwortete es.

»Ein Georgier?«, wunderte sich Gurdjieff.

»Schwer zu sagen, ob er ein Nachfahre alter Kolcher ist oder von den Afrikanern abstammt, die Fürst Scherwaschidse im 17. Jahrhundert auf dem Istanbuler Sklavenmarkt gekauft und nach Abchasien auf die Zitronenplantagen mitgenommen hat.«

»Gibt es viele?«

»Ein paar Familien.« Das Huhn gackerte und fügte zwischendurch hinzu: »Sie sind ein verschlossenes Volk, klopfen bei niemandem an und lassen auch niemanden in ihre Nähe.«

Das war kein Vogel, sondern ein wandelndes Lexikon. Gurdjieff wollte noch viel mehr fragen, doch da kam Philo angerannt. Das Huhn schreckte auf und versteckte sich irgendwo, ließ auf dem Boden aber ein seltsames Ei liegen, das wie eine Uhr tickte und aussah, als würde es von innen leuchten. Erst als der Hund ihm das Knie leckte, bemerkte Gurdjieff also, dass aus dem kleinen Schnitt Blut floss. Gurdjieff griff nach dem Ei. Es war hohl und spröde und zerbrach ihm in der Hand.

Eigentlich saß Gurdjieff noch immer auf dem Mtazminda im Wald und war statt von Menschen von Bäumen umzingelt. Auch hielt er immer noch die Schalen eines gewöhnlichen Eies in der Hand. Auf der Erde lag seine tickende Golduhr, die ihm aus der Tasche gefallen sein musste. Foucault, der weiße Bullterrier mit der rosa Schnauze, leckte ihm unverändert das Knie. Unter der Tanne streckte immer noch der gleiche Pilz seinen roten, weißgepunkteten Kopf zwischen den Blättern hervor. Es war ein gewöhnlicher Fliegenpilz, als hätte ihn Gribojedows Seele nie bewohnt.

Gurdjieff betrachtete Foucault und stellte fest, dass er weder von diesem Hund etwas wusste, der ihn an eine weiße Ratte erinnerte, noch über seinen Besitzer, geschweige denn über die entfernte Stadt, deren Silhouette er jetzt zwischen den Bäumen erblickte und von der ein leises Summen zu ihm drang.

Vierter Akt

Die drei Schwengel des Kondors

Am Abend saßen die Gorosias nebeneinander vor dem Fernseher. Eigentlich hätte längst *Dr. House* kommen müssen, doch lief noch immer eine Sondersendung des *Kurier* mit einer Live-Übertragung von der Demontage des Stalin-Denkmals in Gori – ohne Kommentar.

Gurdjieff saß barfuß im Sessel, nach wie vor in cremefarbenen Shorts, durch das weiße Unterhemd zeichnete sich sein Korsett ab. Auf das gerötete Knie hatte er ein Pflaster geklebt, an seinen unbehaarten, weichen Beinen klebte immer noch eine Tannennadel. Die Hände ruhten auf den Sessellehnen. Zu seinen Füßen lag Foucault in voller Länge und schlief mit offenem Maul.

Niko war zufrieden. Die Wohnung am Eingang des Msiuri-Parks, die sie soeben besichtigt hatten, war ausgezeichnet. Die 200 000 Euro kamen ihm zwar etwas übertrieben vor, doch jedes Wort der Maklerin hatte geklungen wie das Singen eines Vogels: »Neubau … mitten in Wake … Erstbezug… drei Balkone … eingerichtet im europäischen Stil … automatische Zentralheizung, eigene Garage, Sicherheitspersonal …« Die letzten, als Nachtisch aufgesparten Worte der Maklerin hatten alles entschieden: »Mit Blick auf die Tschawtschawadse-Allee und Msiuri-Park …«

Der Zusatz, die Wohnung stünde nur wegen der Wirtschaftskrise so günstig zum Kauf, wäre nicht mehr nötig gewesen.

»Wir nehmen sie«, sagte Niko, »das Geld kommt morgen«. Dass er das Geld am nächsten Tag tatsächlich haben würde, daran zweifelte Niko nicht.

Niko sah fern, doch in Gedanken war er in der nagelneuen Wohnung in Wake. Seine jetzige Wohnung kam ihm bereits fremd vor. Er fühlte sich unwohl dabei, auf dem abgewetzten Sofa vor dem kleinen Fernseher zu sitzen, eine Fernbedienung in der Hand, die nur funktionierte, wenn man die Knöpfe tief und mit viel Kraft reindrückte. Ein anderer hätte sich von diesem Sofa, dem Fernseher und der Fernbedienung nie trennen wollen. Ganz zu schweigen von der ausgeblichenen, zitronenfarbenen Tapete, der schimmeligen Badezimmerdecke, dem Müllgeruch in der Küche und Foucaults überall in der ganzen Wohnung verteilten Haaren. Niko hatte sich bereits am Morgen, als er in der Küche sein Brot mit Nutella bestrich, von all dem entschlossen und endgültig verabschiedet. Vielleicht hätte er die Kuppel von Sameba, den Blick auf Awlabari oder den kahlen, gebückten Abdullah, der immer mit seiner filterlosen Zigarette an der Ecke Arsenastraße stand, eines Tages doch vermisst. Aber das stand auf einem ganz anderen Blatt.

Nino war beim Fernsehen auf dem Sofa eingenickt. Sie träumte, dass sie in einem riesigen Supermarkt zwischen hohen Regalen einen Einkaufswagen vor sich herschob und vergeblich versuchte, aus der Abteilung wieder hinauszufinden. Um sie herum weit und breit keine Menschenseele. Der Supermarkt hatte weder eine Decke noch einen Boden, es schien, als würden die Regale in einem alles umfangenden Weiß hängen, wie das virtuelle Waffenlager in Matrix. Nur dass die unendlichen Supermarktregale nicht mit Waffen, sondern mit Tampons, Zahnpastatuben, Klopapierrollen, WC-Reinigern und Waschmitteln gefüllt waren. Dementsprechend roch es auch. »So wie man sich die Hölle vorstellt«, dachte Nino, »du schiebst einen leeren Einkaufswagen vor dir her, und die Regale sind mit Klopapier gefüllt.« Sie bemerkte, dass die Gegenstände keine Schatten warfen, als käme das Licht aus allen Richtungen. Und sie war sich ganz sicher, dass sie immer wieder am selben Regal vorbeikam. Plötzlich fiel ihr auf, dass der Platz zwischen den Regalen schmaler wurde. Ihr stockte der Atem. Sie begann zu schwitzen, zu taumeln … Ganz schnell musste sie aus diesem Labyrinth herausfinden. Sie griff nach einer Raumspray-Dose, stellte sie zur Orientierung auf den Boden, merkte, dass die Dose flauschig und warm war wie etwas Lebendiges, ein dünnes Fell hatte und irgendwo in ihrer Tiefe auch ein Herz zu haben schien, das hastig pochte wie bei einem kleinen Tier. Die Wärme war angenehm und abstoßend zugleich. Unwillkürlich ließ Nino die Dose fallen. Sogleich wuchsen ihr kurze Gliedmaßen und ein langer Schwanz. Kaum war sie auf dem Boden gelandet, huschte sie schon zwischen Ninos Beinen hindurch und verkroch sich mit widerlichem, rattenähnlichen Fiepen unter einem Regal. Nino erschauderte. Bevor sie eine andere Raumspray-Dose in die Hand nahm, musterte sie sie genau … Diese Dose schien kein Fell zu haben, und auf dem schmalen Etikett stand: »Vor Gebrauch gut schütteln«.

Nino kam es vor, als würde sie selbst von jemandem geschüttelt werden, und spürte einen seitlichen Blick. Sie drehte den Kopf und begegnete direkt Gurdjieffs aufgerissenen Augen: Der Alte saß zwischen den Regalen im Sessel und lächelte starr wie eine Statue. Nino spürte ein Kribbeln im Rücken. Ihre Knie wurden weich, und sie wäre zusammengesunken, wenn sie sich nicht am Einkaufswagen abgestützt hätte. Gurdjieff schmatzte mit den Lippen wie ein Nagetier, gaffte Nino dabei mit seinen kurzsichtigen Glubschaugen an, schnaufte, wobei sich sein Brustkorb hob und senkte und sein Doppelkinn kaum merklich wackelte. Seine Augenlieder öffneten und schlossen sich langsam, wie die Linse eines Fotoapparats.

Nino sah ganz deutlich, dass der Silberring an Gurdjieffs rechtem Mittelfinger zu leuchten begann. Genauer gesagt, hatte er die ganze Zeit geleuchtet, doch nun nahm das Leuchten zu. Als sammele sich in dem Ring eine Energie, die bald ausbrechen würde. Dann versank alles im Nebel; Nino sah nur noch den Ring vor sich, besser gesagt, einen kleinen, leuchtenden Kreis, der dumpf surrte und bunte Funken sprühte. Immer deutlicher kamen einige darauf eingravierte Vögel zum Vorschein: Ein auf einem Bein stehender Storch, ein Mann mit Vogelkopf, auch ein einfacher Hahn … Nun stiegen sogar drei einander ähnelnde Vögel mit großen Körpern, kleinen Köpfen und gebogenen Schnäbeln aus dem Ring heraus, schwangen ihre Flügel und flogen auf Nino zu. Gleißendes Licht umgab sie. Trotzdem konnte sie erkennen, wie sich die drei Vögel in der Luft vereinigten. Dann sauste funkensprühend ein einzelner Kondor auf sie zu und spie pechschwarzen Ruß. Nino konnte der Energie des Vogels nicht standhalten und ließ sich rückwärts in den hinter ihr stehenden Einkaufswagen fallen und legte sich hinein, wobei ihr der Wagen überraschend bequem erschien, wie ein gynäkologischer Stuhl. Reflexartig legte Nino die Beine auf die Stützen und stellte fest, dass sie nur einen weißen Bademantel trug, der sofort aufging, während ihre Füße sich in flauschige Pantoffeln schoben. Aus dem Augenwinkel sah sie das dicke Glied des Vogels wie die glühende Heizspirale einer Wärmelampe gleichzeitig rot, gelb und weiß leuchten. Es war Protoplasma.

Nino entdeckte erst jetzt, dass die drei Kondore nicht miteinander verschmolzen waren, sondern dass sie wie Matrjoschkas ineinander saßen. Sie hatten daher nicht nur ein Geschlecht, sondern drei. Allerdings lagen seine drei Schwengel in ein und derselben Hülle wie einzeln isolierte Elektrodrähte vereint in einem Kabel. Da spürte Nino auch schon die drei glühenden Schwänze in ihrem Bauch, sich öffnen und spreizen wie eine Blüte … Elektrischer Strom durchfuhr ihren ganzen Körper und die Pimmel versprühten bunte Funken und Flammen, als wären es bengalische Feuer. Nino meinte, sich selbst von der Seite zu sehen, genauer gesagt, das wilde Leuchten und Blinken der elektrischen Signale in ihrem eigenen Gehirn. Genau in diesem Moment zischte ihr der Vogel ins Ohr: »Es ist nichts Persönliches, geht nur ums Geschäft.«

Als Niko aus seinen Gedanken an die Wake-Wohnung erwachte, saß Gurdjieff immer noch mit versteinertem Lächeln im Sessel, während auch Foucault unverändert zu seinen Füßen lag und schlief. Nur Ninos Augen glänzten, ihre Nasenflügel blähten sich, und ihr Mund war so trocken, als hätte man ihr den Rachen mit einem Handtuch ausgewischt. Sie war vollkommen erschöpft und konnte ihre Beine kaum noch spüren. Sie würdigte Gurdjieff keines Blickes. Er war nichts als ein dreckiger alter Sack und zu allem fähig. Sie ging davon aus, er sei absichtlich in ihren Traum eingedrungen, um sie zu vergewaltigen. Die Möglichkeit, dass ihr Traum eine Reaktion auf die Ereignisse des Morgens gewesen sei, zog sie nicht in Betracht. Manchmal ist ein Traum auch einfach nur ein Traum, und es ist sinnlos, versteckte Zeichen und Botschaften in ihm zu suchen.

Kurz vor elf Uhr hörten die drei im Hof Autogeräusche, rührten sich aber nicht vom Fleck, obwohl allen klar war, dass es Tschikobawa sein musste. Nur Foucault sprang auf und spitzte die Ohren. Niko dachte nur, dass zwischen

Tschikobawa und Enver Hoxha wirklich überhaupt keine Ähnlichkeit bestand, obwohl er keine Ahnung hatte, wer das überhaupt sein sollte.

Gurdjieff erhob sich gelassen, ging zur Tür. Foucault folgte ihm. Niko starrte noch immer wie gebannt auf den Fernseher: Ein Kran hielt den Stalin aus Kupfer an dicken Seilen horizontal in der Luft wie einen gestrandeten Wal.

Schaumzuckerstalin

Gurdjieff führte Tschikobawa ins Zimmer. Foucault lief schwanzwedelnd neben den beiden her. Tschikobawa bewegte sich, als seien seine Glieder und Gelenke bereits starr, sein ganzer Körper quietschte und knarrte wie ein alter Schrank. Ein leichter Verwesungsgeruch ging von ihm aus, sein rechtes Auge war halb geschlossen. Er stand in der Mitte des Zimmers. Noch immer im gleichen weißen Hemd, der gleichen grauen Hose und den gleichen schwarzen Schuhen. Am Handgelenk trug er immer noch dieselbe Uhr mit dem schmalen Armband. Seine Haut hatte sich blau verfärbt, der Bluterguss unterm linken Auge war gewachsen und seine silbergrauen Haare waren so zerzaust, dass sie ihm regelrecht zu Berge standen. Gurdjieff holte frische, lilafarbene Banknoten aus einer kleinen schwarzen Tasche, stapelte sie hübsch auf dem Beistelltisch vor dem Fernseher und schob sie dann wie ein Croupier mit beiden Händen zu den Gurosias hinüber.

»Eure Million.«

Nino hätte sich beinahe übergeben; die Banknoten sahen aus, als hätte Tschikobawas blaue Haut auf sie abgefärbt. Auch Niko war von dem Stapel Fünfhunderteuroscheine nicht wirklich beeindruckt. Sie kamen ihm irgendwie zu wenig vor. Die zwanzig lilafarbenen Papierbündel erzeugten nicht den erwarteten Effekt. Dabei lagen genau eine Million Euro auf dem Tisch. Der Leichengeruch mischte sich mit dem Duft des frischen Geldes.

Im Hof hörte man einen Wagen wegfahren. Gurdjieff schaute aus dem Fenster: Der Brabus stand nicht mehr vor dem Haus. Foucault schnüffelte an Tschikobawas Hosenbein und Gurdjieff bedeutete ihm, im Sessel Platz zu nehmen.

»Setz dich.«

Schwerfällig und unsäglich quietschend ließ er sich nieder.

»Weiß jemand, dass du hier bist?« Gurdjieff setzte sich auf das Sofa in der Ecke.

»Nie-mand.« Tschikobawa stockte, konnte die Zunge kaum noch bewegen.

»Was hast du dem Fahrer gesagt, wohin du gehst?«

»Zu Manana.«

»Und Manana weiß auch nicht, wo du bist?«

»Nei-n.«

»Dann«, Gurdjieff sprach jedes Wort überdeutlich aus und sah dabei in Tschikobawas blutunterlaufene Augen »weiß also niemand, wo du bist?«

»Nie-mand.«

»Sehr gut.« Gurdjieff schmunzelte verstohlen, streckte Tschikobawa die Hand entgegen: »Gib mir dein Handy.« Tschikobawa fuhr mit der Hand in die Hosentasche, seine Gelenke knarzten, er zog das Handy hervor und reichte es Gurdjieff. Dieser öffnete das Gerät, entfernte den Akku, dann die Simkarte und legte die Teile auf den Tisch. Dann lächelte er gütig, als spiele er gleichermaßen Good und Bad Cop.

»Nugsar, du erinnerst mich an jemanden.«

Tschikobawa versuchte zu lächeln, sein Gesicht gehorchte nicht, war zäh wie Gummi.

»Bist du irgendwie mit Arnold Tschikobawa verwandt?«, fragte Gurdjieff eindringlich.

Foucault ließ Tschikobawas Hose los, legte seinen Kopf in Gurdjieffs Schoß.

»I-ich weiß nicht«, Nugsar verzog die Unterlippe. »Wer i-ist Ar-nold Tschi-koba-wa?«

»Ach, einer von früher …« Gurdjieff kraulte Foucault am Ohr, »musste gerade dran denken … Tee? Kaffee?«

»Lieber Tee«, röchelte Tschikobawa.

Die Gorosias starrten auf die Geldstapel. In Nikos Gehirn fuhr der Rechner hoch: Er teilte die in Gedanken bereits tausendfach hin und her gewendete Million abermals auf. Falls Nino nichts dagegen hatte, würde diese Million nicht nur für die Wohnung in Wake und deren Einrichtung reichen, sondern auch für ein Ferienhaus in Kiketi und zwei schicke Autos, aber auch für die Erfüllung eines lang ersehnten Wunsches, den die Weltwirtschaftskrise gerade wunderbar begünstigte, da in Tbilissi die Preise so im Keller waren, dass alles nur noch die Hälfte kostete: Nikos Traum seit jeher war eine eigene Konditorei, ein kleines Süßwarengeschäft mit dazugehöriger Bäckerei. Vor seinem inneren Auge sah er bereits Torten und Eis in allen Sorten und Farben hinter dem leicht beschlagenen Glas der Kühlvitrine stehen, sah mit Kuchen gefüllte Verkaufstische, in Musterpapier gewickelte Schokoladenfiguren, Zwieback-Pyramiden, Körbe voll Zuckerschaum-Bällchen, Gläser mit bunten Bonbons …

Währenddessen betrachtete Nino die Banknoten völlig ungerührt, als lägen Monopoly-Scheine vor ihr. Dabei sollte es nicht so leicht sein, beim Anblick einer Million nicht kurz ins Nachdenken zu kommen. Besonders, wenn du sie bar auf die Hand bekommst. Und begreifst, dass sie dir gehört, die Million. Du kannst sie im Ofen verbrennen oder Schwalben daraus falten und sie aus dem Fenster segeln lassen. Das hübsche Häufchen Geld hatte Nino auf eigenartige Weise betäubt, hatte sie in eine Art Kryptobiose versetzt; als streike nicht nur ihr Körper, sondern auch das Gehirn. In Wirklichkeit jedoch war ihr Gehirn jetzt wie ein kleiner Teilchenbeschleuniger, in dem die Gedanken herumsausten. Gerade diese Geschwindigkeit machte es ihr unmöglich, einen klaren Gedanken zu fassen.

Bei Niko sorgte das Geld für Erleuchtung, neben der Konditorei stellte er sich auch vor, wie er mit einem roten

Ferrari bei Herbstwetter durch die leergefegten Straßen Tbilissis brauste. Es ist Abend, die Straßenlaternen sind gerade angegangen, es nieselt, der nasse Asphalt spiegelt die rote Silhouette des Wagens, und auf der Windschutzscheibe schlängeln sich feine Regen-Rinnsale. Festgeschnallt wie ein Jagdpilot müsste er nur kurz aufs Gaspedal tippen, schon schösse der Wagen davon; im Motor fünfhundert unbändige Pferde, er würde die rote Rakete jedoch schön langsam rollen lassen, aus den Lautsprechern erklänge leise Elektromusik …

Das hatte was, etwas Anziehendes, Schwindelerregendes, und auf dem Tisch lag so viel Geld, er hätte ohne Weiteres im Ferrari durch Tbilissi flitzen können. Doch wog er beide Möglichkeiten gegeneinander ab, sah er sich lieber in der Konditorei. Die Rakete konnte mit dem Tortenparadies nicht mithalten.

Als Niko aus seinen Gedanken erwachte, lief im Fernsehen nach wie vor die kommentarlose Live-Übertragung vom Abbau des Stalin-Denkmals, der Kran hielt den gefesselten Führer immer noch wie einen Wal in der Luft. Gurdjieff und Tschikobawa tranken bereits Tee, unterhielten sich wie alte Freunde. Genauer gesagt trank nur Gurdjieff Tee und unterhielt sich dabei, Tschikobawa saß wie eine Puppe im Sessel. Genauso gut hätte Gurdjieff sich auch mit einer Wand unterhalten können. Wobei ihn das überhaupt nicht kümmerte; in Tschikobawa hatte er einen idealen Zuhörer gefunden. Hin und wieder nahm Gurdjieff ein paar Sultaninen von einem Teller, warf sie sich in den Mund, trank Tee dazu und ließ die getrockneten Trauben im Mund aufquellen; mit der anderen Hand kraulte er Foucault am Ohr, der den Kopf auf seine Knie gelegt hatte. Der Hund war beseelt, hielt die Augen geschlossen und sah aus, als würde er lächeln.

»Wusstest du, dass die Tbilissier U-Bahn auf der ganzen Welt einzigartig ist?«, fragte Gurdjieff Tschikobawa.

»Wu-sst-ich nicht«, gestand Tschikobawa.

»Ja, Habibi,« versicherte Gurdjieff, zerkaute die Sultaninen und erklärte: »Am 5. März 1953 flog ein unbekanntes Flugobjekt von Süd-Ost nach Nord-West unterirdisch durch Tbilissi hindurch. Begleitet wurde das Ganze von verschiedenen Geräuscheffekten: Rattern, Fiepen, Dröhnen. Ob das etwas mit Stalin zu tun hatte, ist nicht bekannt. Bekannt ist nur: »Vor seinem Tod entwich dem Führer ein Gas aus dem Mund, das sich in der Luft zu einer durchsichtigen, kugelähnlichen gläsernen Sphäre verhärtete und leise aus dem Fenster flog …« Das Tbilissier UFO dröhnte wie Donner und leuchtete mit einer Stärke von 1000 Watt gleichzeitig rot, gelb und weiß. Es war eher oval als kugelförmig und erinnerte an ein Straußenei. Hinten an ihm dran hing ein Regenbogen wie der Schweif eines Kometen. In einer anderen Version lag der Regenbogen im Ei drin und beleuchtete es von innen.

»Wow«, sprach Tschikobawa mit jenseitiger Stimme.

Niko begriff nicht, warum Gurdjieff die Verblödung des ohnehin verblödeten Tschikobawa weiter vorantrieb.

Nino aber kam endgültig zu dem Entschluss, dass Gurdjieff vorhin tatsächlich in ihren Traum eingedrungen war, denn die Kometen-Geschichte schien irgendwie mit ihrem Traum zusammenzuhängen. Sie glaubte außerdem, dass Gurdjieffs Erzählung im Grunde nicht an Tschikobawa, sondern an sie gerichtet war. Sie wusste ja nicht, dass Gurdjieff die im Mtazminda-Wald entdeckte Eierschale und den abgeseilten Führer aus dem Fernsehen auf die ihm eigene Art miteinander verwob. Denn wie ein Aschug verwob er alles, was er unterwegs aufsammelte, zu einer Geschichte; einfach so, ohne Hintergedanken.

Gurdjieff schaute verschmitzt, schob schmatzend die Sultaninen im Mund herum und fuhr fort:

»Am nächsten Tag stand es in der *Prawda*: ›Gestern um 06:11 Ortszeit wurde von Tbilissier Bürgern ein Kugelblitz gesichtet.‹ So die Angaben des Polizeimajors W. A. Scherosia aus Awlabari Rajon. ›Kurz nach sechs Uhr krachte und blitzte es am Himmel. Und beim 1. Klinikkrankenhaus, dem ehemaligen ›Aramjanzew‹, kam ein eiförmiges, leuchtendes Objekt vom Himmel und flog, schillernd wie eine Seifenblase, zum Platz der 26 Kommissare. Es bewegte sich in einer Höhe von 10 Metern. Sein Licht blendete und rief Augenbrennen hervor. Schließlich fiel es auf dem Platz zu Boden und explodierte.‹ Mehr nicht. Kein Wort über die vom Ei erzeugten Geräusche, noch über den Verbleib des Eies mit seiner *kraft, das allenthalben salb ertheilt*. Die Alten aber wussten: *wer da von fewr geschwellte ougen mit eierweisz betreifet, wird wol geheilt von schwollenhait unde schmerz.*

Moskau hatte die ganze Geschichte damals so gut verheimlicht, dass man in der amerikanischen Zentralüberwachung einige Zeit davon ausging, die sowjetischen Wissenschaftler hätten nachts in Tbilissi eine ferngesteuerte Elektrobombe getestet. Genaue Angaben enthielt der Zeitungsbericht nur über die Uhrzeit der Eierexplosion. In Wirklichkeit jedoch war das Ei nicht explodiert, sondern in der Erde versunken, wie ein Stein einfach ins Wasser fällt und versinkt. Dann war schwarzer Qualm aus der Erde aufgestiegen, begleitet von Brandgeruch.«

An dieser Stelle rülpste Gurdjieff und blies zur Illustration seiner Erzählung ein wenig Qualm aus Mund und Ohren, begleitet vom Geruch verbrannter Gummiteile und Sultaninen, dann setzte er, als wäre nichts passiert, seine Erzählung fort:

»Das Ei sauste unter der Erde in wenigen Sekunden durch ganz Tbilissi, als wolle es der Stadt ihr Fundament entziehen. Es fuhr vom Awlabari zum damaligen Lenin-Platz, von dort aus im 60-Grad-Winkel zum Rustaweli-Denkmal, bog dort noch einmal ab und bewegte sich dann geradeaus bis zum heutigen Sansona, wo es wieder aus der Erde kam und in den Himmel schoss. Danach setzte ein magnetischer Sturm ein, der mindestens zwei Tage dauerte. Rundliche, spiegelglatte Wolken lagen damals über Tbilissi wie in Schwerelosigkeit verschüttetes Quecksilber.

In den Sekunden, in denen das Ei sich unterirdisch bewegte, bebte in Tbilissi die Erde. Aufgezeichnet wurden die seismischen Wellen unter anderem von Seismografen in

Baku und Istanbul. Im Epizentrum hatten die Erdstöße zu diesem Zeitpunkt lediglich eine Stärke von 5 bis 6 auf der Richter-Skala. Tbilissi blieb verschont. Nur ein paar Fenstergläser von Wohnhäusern gingen zu Bruch; der Berg bei der Trabrennbahn, eben dort, wo heute die Wake-Saburtalo-Fahrstraße verläuft, bekam einen Riss; und das Lenin-Denkmal auf dem Lenin-Platz brach in der Mitte entzwei, fiel jedoch nicht auseinander, sondern blieb stehen, wie eine aufgeplatzte Wassermelone.«

»Wow«, röchelte Tschikobawa.

»Die Spur des Eies während dessen unterirdischer Fahrt ist genaustens bekannt,« Gurdjieff überging Tschikobawas Röcheln, »da bei dieser Bewegung ein Höhlensystem unterhalb von Tbilissi entstand, in das später die U-Bahn integriert wurde. Schwer zu sagen, ob die Stalin-Blase und das Tbilissier UFO wirklich ein und dasselbe Objekt waren? Möglicherweise dehnte es sich während des Flugs aus und zog sich schließlich zu einem Ei zusammen. Auch wenn es so wäre, bleibt die Frage, was es unter der Erde zu suchen hatte. Vielleicht hat es damit nichts zu tun, aber auch der Strauß sucht bei Gefahr unter der Erde Schutz. Doch kann man den Strauß schwer durchschauen. Über diesen törichten Vogel sagt Hiob einst: *Gott versagte ihm die Weisheit und ließ ihm keinen Verstand zuteil werden ... lässt er ihn doch die Eier auf die Erde legen, wo ein Fuß sie zertreten und ein wildes Tier sie zerbrechen kann.* In dem jahrelang geheimen Tunnel fanden die sowjetischen Wissenschaftler später keine

Spuren einer fremden Zivilisation. Nichts Paranormales, nichts von außerirdischer Herkunft ließ sich dort finden. Die zwanzig Kilometer lange und zehn Meter breite Erdhöhle schien wie von alleine entstanden zu sein. Die Inbetriebnahme der Tbilissier U-Bahn erfolgte am 11. Januar 1966. Man errichtete nur einige Wände und bestückte die Tunnel mit Gleisen und Rolltreppen. Im Jahr 1985 ergänzte man dann die Hauptachse um die Saburtalo-Linie.« Gurdjieff rülpste, diesmal ohne Qualm, sah zum Fernseher und brummte verärgert: »Fängt *Dr. House* heute gar nicht mehr an oder was?«

Nino schloss daraus, dass Gurdjieff zu allem Überfluss auch noch eine Neigung zur Sucht hatte. Anders war seine Treue zu dieser Serie nicht zu erklären. Umso weniger, als er nach jeder Folge in den Spiegel oder auf seine Zunge schaute, unauffällig die Lymphkoten unter seinen Achseln und am Hals abtastete, sich die Hand auf die Stirn legte und seine Temperatur prüfte.

Der Kran im Fernsehen war nun damit beschäftigt, den Führer auf der Ladefläche eines Lastwagens abzulegen.

»Weißt du, warum die Wände in der Tbilissier U-Bahn sich abends immer glitschig anfühlen und es so süßlichscharf riecht?«, wandte Gurdjieff sich erneut an Tschikobawa.

»Wei-ß-ich-nicht«, antwortete dieser.

»Deswegen, Habibi, weil sich die Sporen vermehren, weil Zygoten entstehen und nachts dort alles mit Pilzen bedeckt wird. Würden die Putzkräfte die Wände nicht jeden

Morgen mit speziellen Spaten freikratzen, hätten die Pilze längst die ganze U-Bahn lahmgelegt.

Natürlich glaubte Niko kein Wort von Gurdjieffs Gerede, aber es wurde so viel von Eiern gesprochen, dass seine Gedanken sich vollkommen ineinander verquirlten und wie Pastila miteinander verklebten. Er beschloss daher, dass es in seiner Konditorei neben den vielen anderen Dingen unbedingt auch einen Schaumzucker-Stalin zu kaufen geben musste; ein watteweicher Generalissimus in rosafarbener Militärjacke, mit einem dicken weißen Bart und einer Pfeife im Mund. Dabei verkannte Niko jedoch, dass der von ihm kreierte Generalissimus dem schamanengleich mit einer rosafarbenen burjatischen Fufaika ausstaffierten Gurdjieff ähnelte. Bei genauerer Betrachtung hätte er nicht nur die feinen Goldstickereien auf seiner Kleidung bemerkt, rechteckige Ornamente, die wie Tetris-Figuren perfekt ineinander passten, sondern auch die einzeln eingenähten Federn und den mit weißem Hasenfell flauschig verzierten Kragen.

Der Jadekaiser

Dass Tschikobawa diese Nacht bei ihnen verbringen würde, hatte Nino bereits in dem Moment erkannt, als Gurdjieff anfing dessen Handy zu zerlegen. Doch war sie so müde, dass es sie wenig interessierte, wer wo übernachtete. Neben der Geschichte von der Tbilissier U-Bahn hatte Gurdjieff so einiges über die Kinder der Spinnen-Grafschaft, den Angstarchitekten, den Dämon mit Glas-Hand, über Sternenbahnen, künstliche Intelligenz und kosmische Odysseen erzählt …

Nino hörte Gurdjieff lang schon nicht mehr zu, und verfolgte im Halbschlaf aufs Sofa gekauert mit mechanischer Sturheit den Film *Mimino*, den sie bereits bis zum Erbrechen kannte. Etwas Esoterisches lag darin: Aus unerklärlichen Gründen wird ja der eine oder der andere Film unwillkürlich zum Begleiter deines Lebens, und egal wann du beim Durchzappen über ihn stolperst, siehst du ihn dir nochmal an, egal zum wievielten Mal. Aber diesmal ertrug

Nino die sentimentale Geschichte der zwei glorreichen, im sowjetischen Moskau gestrandeten und an der Sprachbarriere gescheiterten Kaukasier nicht mehr und schlief zusammengekrümmt auf dem Sofa ein.

»Bitte nicht wecken«, sagte Gurdjieff leise zu Niko, »wir gehen in die Küche.«

Gurdjieff nahm die Gläser vom Tisch und schlurfte aus dem Zimmer. Tschikobawa folgte ihm auf Zehenspitzen, bemüht, mit seinen steifen, quietschenden Gliedern nicht allzu viel Lärm zu machen. Selbst Foucault tapste auf leisen Pfoten in die Küche.

Niko schaltete den Fernseher aus, zog seiner Frau behutsam die Pantoffeln von den Füßen und bedeckte sie mit einem Laken. Bevor er das Licht löschte, sah er noch einmal zum Geldstapel hinüber, der aus der Ferne nicht größer wirkte als ein Zauberwürfel. Wieder ärgerte er sich, dass sie nicht mehr verlangt hatten. Ihm gefiel es nicht, das Geld dort einfach so liegen zu lassen, doch traute er sich nicht, es an sich zu nehmen.

Gurdjieff schaltete den Wasserkocher ein, wandte sich an Tschikobawa:

»Hast du Hunger, Habibi?«

»Ne-in«, röchelte Tschikobawa.

»Willst du Tee?

Tschikobawa setzte sich auf einen Stuhl, schob als Antwort die Unterlippe vor; ihm war egal, ob er Tee bekam oder nicht, er rührte sowieso nichts an.

Gurdjieff holte ein Päckchen Sultaninen aus dem Schrank. Streute das Trockenobst auf einen Teller. Niko lehnte sich an die Küchenwand.

»Soll ich dir Goglimogli machen?«, fragte Ray. »Mit Zimt.«

»Nein, danke«, erwiderte Niko, »es ist schon spät.«

»Musst du schlafen, Suliko?«

»Ja«, Niko gähnte in die geballte Faust, »ich bin auf einmal total platt.«

»Dann leg dich doch hin. Wir haben uns noch viel zu erzählen.« Gurdjieff sah zu Tschikobawa. »Nicht wahr, Habibi?«

Nugsar nickte, wobei sein Hals knarrte.

Von dieser Nacht an behielt Gurdjieff Nugsar Tschikobawa bei sich. Die Gorosias schauten nur noch selten in der alten Wohnung vorbei; sie hatten beschlossen, sich bis zum Einzug in die neue Wohnung, im Radisson einzuquartieren. Vor allem wegen Tschikobawas Geruch, der von Tag zu Tag unerträglicher wurde.

Nino setzte ihr Vorhaben, den Job zu kündigen, unverzüglich in die Tat um. Jetzt verbrachte sie die Tage entweder im Hotelbett vor dem Fernseher und blätterte in Zeitschriften oder sie ließ sich im Hotelschwimmbad treiben. Niko hingegen kehrte erst spät abends erschöpft ins Hotelzimmer zurück.

Eine Wohnung einzurichten war eine Philosophie für sich: Gegenstände aufeinander abstimmen, mit all den dazugehörigen Traditionen, ihrer Mystik, man brauchte Fingerspitzengefühl und meditative Praxis. Gute Intuition allein reichte nicht, man brauchte zusätzlich ein Geheimwissen, dass nur Auserwählten zugänglich war. Ein Wohnzimmer besteht ja nicht allein aus einer Sitzgruppe, Tisch und Regalen. In einem Wohnzimmer darf ein pastellfarbener Teppich ebenfalls nicht fehlen oder eine mit verschiedenfarbigen Sandschichten gefüllte Bodenvase. Auf den Regalen sollten ein paar geometrische Figuren stehen, locker verteilt zwischen DVDs und einer fast baumstammdicken Aromakerze. Zudem ist es wünschenswert, das Foto einer Straßenszene einer nicht zu erratenden Metropole an der Wand hängen zu haben oder auch etwas ganz Neutrales, ein Retrofilmposter hinter Glas; so etwas passt zu jeder Einrichtung. Vorhänge sind ein Kapitel für sich. Besonders, wenn noch nicht feststeht, ob Vorhänge oder Jalousien?

»Hier könnte man mit Jalousien arbeiten«, sagte der im leeren Wohnzimmer stehende Designer Koki mit sanft weiblicher Stimme, beugte manieriert die Hand und drehte sich zu Niko, »im Schlafzimmer dann Vorhänge … mit Tüll.«

In diesen wichtigen Minuten hätte Niko gerne seine Frau zur Seite gehabt, Entscheidungen ohne sie zu treffen, fiel ihm schwer. Aber Nino war woanders. Nicht weil sie gerade im Schwimmbad auf einer Liege lag, sondern sie war generell woanders in letzter Zeit, kaum etwas drang zu ihr durch, so sehr war sie mit sich selbst beschäftigt. Nichts Geschäftliches, nur Privates. Ihre Anwesenheit wäre Niko keine Hilfe gewesen. Aber so konnte es nicht weitergehen, früher oder später musste Nino aus ihrer Halbnarkose erwachen. Noch nahm Niko es so hin, wie es war, und versuchte, seine Frau nicht zu belästigen.

Niko hatte den Designer über eine Agentur engagiert, als er einsehen musste, die Wohnung nicht alleine einrichten zu können. Dieser Koki war jünger als Niko, höchstens 20 oder 22 Jahre alt, und sah aus wie ein durchgedrehter Pseudo-Punk auf Ketamin mit iPad unter dem Arm, während er mit der Hand affig gestikulierte, als halte er eine Zigarette zwischen den Fingern. Seine zerrissenen Turnschuhe, die knöchellangen, karierten Röhrenhosen, die unzähligen Armbänder, der Lumpenschal am Hals, das Piercing im Nasenflügel und der zerzauste Rotschopf wirkten nicht gerade vertrauenerweckend. Sah man ihn aber genau an, bemerkte man Funken einer tiefen kosmischen Weisheit in seinem Blick.

Diese Funken waren Niko zwar nicht aufgefallen, doch wusste Koki offenbar genau, wo was hingestellt oder hingehängt gehörte. Dieser Cyberdaoist konnte wahre Ordnung herbeizaubern.

»Hier kommt die Musikanlage hin … hier eine Stehlampe …« Koki zeigte auf die Wand. »Und dorthin ein *Barbarella*-Poster hinter Glas.«

»Davon habe ich noch nie gehört, ist das ein alter Film?«, erkundigte sich Niko.

»Ja, ziemlich alt. *Barbarella*. Die Königin der Galaxie.«

»Nie gesehen«, gestand Niko.

Koki verdrehte geziert die Hand.

»Spielt doch keine Rolle … den *Jadekaiser* hat auch niemand gesehen.«

Erst jetzt bemerkte Niko die kleinen, farbigen Tierfiguren aus Plastik an einem der Armbänder, die aussahen wie Vitamintabletten für Kinder. Eine Figur hob sich von den anderen deutlich ab: Ein elfenbeinfarbenes, kirschkerngroßes Männlein mit gleichgültigem Gesicht, schmalen Augen, einem Sieb in der Hand, goldgestickten Drachenfiguren auf dem Gewand, einem langen, nach unten gekämmten Schnurrbart und einer Krone auf dem Kopf. Niko bildete sich ein, das Männlein habe ihm zugezwinkert.

Das Schweigen zog sich unangenehm in die Länge.

»Wir können auch ein anderes Filmposter nehmen.« Koki blickte auf sein iPad, fuhr mit dem Zeigefinger ein paar Male darüber und zeigte Niko den Bildschirm.

»Eins von denen hier.«

Kokis iPad beherbergte eine ganze Poster-Galerie. Niko warf einen flüchtigen Blick auf den Bildschirm:

»Bleiben wir bei *Barbarella*,« sagte er schließlich, »die Königin der Galaxie.«

Das Männlein zwinkerte erneut.

Währenddessen ließ Gurdjieff Tschikobawa heilige Texte lesen. Dieser hatte eine beneidenswerte Begabung fürs Auswendiglernen. Besser gesagt, entwickelte sich diese Begabung täglich weiter. Je steifer er wurde, und je mehr er roch, umso besser funktionierte sein Gedächtnis. Ray beschloss daher, ihm Kirchenlieder und geistliche Hymnen beizubringen. Nugsar lernte fleißig und voller Hingabe. Da er nicht mehr sitzen konnte, paukte er Tag und Nacht im Stehen. Er trug dabei ein von Gurdjieff eigenhändig aus schwarzen Stoffresten genähtes Gewand, das sowohl einem Derwischgewand als auch einer Mönchskutte ähnelte. Nugsars ursprüngliche Kleidung hatte Ray im Mtazminda-Wald verbrannt, für alle Fälle. Er hatte vergessen, dass nach alter, sufischer Tradition das Verbrennen der Kleider dem physischen Verschwinden einer Person entsprach. Wer außer Gurdjieff hätte von dieser Tradition aber noch wissen können?

In der Zwischenzeit waren Nugsars Silberhaar und sein Bart stetig gewachsen, sein Gesicht war bereits pechschwarz, das rechte Auge völlig eingefallen und vertrocknet, während links das blutunterlaufene leuchtete wie bei einem Cyborg. Sah er mit diesem Auge etwas an, so wanderte ein roter Punkt darüber wie bei einem Laserstrahl. Nicht mal seine leibliche Mutter hätte in diesem kautschukbehäuteten Androiden Nugsar Tschikobawa erkannt.

Vielleicht wollte Gurdjieff eine Art Roboter aus ihm machen, den er nach Herzenslust programmieren konnte? An Tschikobawa war nichts Jenseitiges mehr dran, ein Mensch hätte in vergleichbarem Zustand kaum überlebt. Er brauchte weder Essen noch Schlaf noch sonst lebensnotwendige Dinge. Dafür zog Gurdjieff ihn jeden Morgen nackt aus, legte ihn auf eine am Fußboden ausgebreitete Folie und knetete ihn ausgiebig von oben bis unten, jeden einzelnen Muskel, jedes einzelne Gelenk, einschließlich Kiefer und Zunge, und schmierte alles mit Motoröl ein, damit er nicht gänzlich versteifte.

Anfangs hatte Gurdjieff noch mit allen erdenklichen Mitteln versucht, Tschikobawas Haut weich zu bekommen; mit Ninos im Schlafzimmer auf dem Spiegeltisch aufgereihten Feuchtigkeitscremes und Balsamen. Einmal sprühte er ihn sogar mit Sonnencreme ein. Als wirksam erwies sich letztlich nur handelsübliches Motoröl, das Gurdjieff zufällig entdeckt hatte, in der Abstellkammer der Gorosias auf der Suche nach Stoff für Nugsars Gewand. Den schwarzen Stoff hatte er dort nicht gefunden, dafür aber eine mit schwarzer Flüssigkeit gefüllte Plastikflasche. Ohne lange nachzudenken hatte er Tschikobawa damit eingeölt, und von da an war das Quietschen deutlich sanfter. Seine Haut wurde zwar nicht elastisch, dafür aber biegsamer. Leider hatte Ray in derselben Abstellkammer etwas anderes übersehen, und zwar ein altes Buch, das zwischen den übrigen Stapeln recht auffällig hervorguckte. Gribojedow stand in goldenen Lettern auf dem abgewetzten Umschlag. Jemand oder etwas versuchte beharrlich, eine Begegnung zwischen diesen zwei großen Geistern zu arrangieren, doch ohne Erfolg.

Immer, wenn Nugsar geknetet wurde, knurrte Foucault unzufrieden; er war eifersüchtig, dass jemand anderem so viel Aufmerksamkeit zuteilwurde. Manchmal wollte er den Eingeölten ablecken, aber Gurdjieff ließ es nicht zu: »Das ist pfui!«

»Kränkt es dich nicht, Habibi, dass ich dich so mit Öl bearbeite?«, vergewisserte sich Gurdjieff während der Massage immer wieder.

»Nei-n«, röchelte Tschikobawa.

»Du darfst es mir nicht übelnehmen«, wiederholte Gurdjieff unermüdlich, »es hilft dir ja. Der Mensch ist eine Maschine, Habibi.«

Das Kneten und Massieren half wirklich verhältnismäßig gut. Tschikobawa quietschte weniger als zuvor und führte jetzt einfache Bewegungen aus. Ray hätte sich gewünscht, Nugsar könnte sich wie ein Derwisch um die eigene Achse drehen, oder den Heimtrainer benutzen, aber so etwas kam nicht infrage. Immerhin konnte er sich, öldurchtränkt wie er war, langsam in der Wohnung fortbewegen und auch ein Buch in der Hand halten, das war schon viel. Und natürlich konnte er nach wie vor Kirchenlieder singen. Nächtelang brummte Tschikobawa in einer Ecke des Wohnzimmers stehend die Texte von Akathistoi und andere Tropen vor sich hin wie ein Wüstenmönch auf seiner Säule. Er brauchte dazu kein Licht; mit seinem Laser-Auge konnte er auch im Dunkeln gut sehen. Nur, dass er beim Lesen manchmal unwissentlich die Lautstärke erhöhte und den auf dem Sofa zusammengekrümmt schlafenden Gurdjieff weckte, der dann rief:

»Etwas leiser, du alter Schwerenöter!«

Der Bußgesang

Die Gorosias kamen in der alten Wohnung so selten vorbei und blieben nur so kurz dort, dass sie von Tschikobawas Erfolgen auf dem Glaubensweg nicht viel bemerkten. Sie hatten sich bereits daran gewöhnt, dass Nugsar mit seiner Kutte in einer Ecke des Wohnzimmers stand und unablässig aus Gebetsbüchern vortrug. Manchmal sang er auch leise. Umso markanter fiel ihnen der Geruch auf, der bei jedem Besuch unangenehmer wurde. Es war eine scharfe Mischung aus Verwesung, Staub, Motoröl, Hund, abgerundet durch das süßlich feine Aroma von Bienenwachskerzen. Es sah dort immer mehr aus wie in der Wohnung eines Teufelsanbeters, zu dem der Exorzist gerufen worden war. Vielleicht brummelte Nugsar seine Gebete auch nur vor sich hin, um diesen Eindruck zu verstärken, die gelblichen Honigkerzen erfüllten den gleichen Zweck, wie auch eine an der Wand befestigte Papier-Ikone des Heiligen Mauritius, die Gurdjieff aus einer alten Ausgabe der *Orakul* herausgeschnitten hatte. Wäre Tschikobawas Laser-Auge nicht gewesen, hätte man denken können, auf dem Bild an der Wand sei Nugsar abgebildet, denn Nugsar und Mauritius sahen einander zum Verwechseln ähnlich. Die Wohnung war mittlerweile so verstaubt und ölverschmiert, mit einer Mischung aus Totenblut und Motoröl genau genommen, dass es so aussah, als hätte ein böser Geist alles mit garstiger Galle und saurem Schleim verdreckt.

Aber die Gorosias kümmerte es nicht mehr, wer was verschmutzte oder vor sich hin blubberte. Es wäre ihnen auch egal gewesen, wenn sich die ganze Wohnung in ein Raumschiff verwandelt hätte.

Mit der Zeit ging ihnen Gurdjieffs Geschwafel auf die Nerven. Vor allem, da er in letzter Zeit immer das gleiche, wirre Zeug erzählte; er sprach von der gekappten Verbindung zwischen Tschikobawas Neokortex und seinem Limbischen System: »In der Regel können Menschen in solcher Lage noch rational denken«, sagte er, »nur ihre Emotionen verschwinden. Bei Nugsar ist es andersrum. Seine Ratio ist verschwunden, die wichtigste Emotion ist geblieben: nämlich die Reue.« Und daraufhin stellte er ihnen immer dieselbe Frage: »Wisst ihr, was das ist?«

Einmal wollte Niko doch wissen, was das wohl sein solle, und Gurdjieff erklärte in aller Ruhe:

»Das heißt, Nugsar ist so etwas wie Ramanas Ratte.«

»Ratte?« Niko glaubte, sich verhört zu haben.

»Ja«, erwiderte Gurdjieff, »es gab mal einen Fakir, Philosophen und Taugenichts, Venkata Ramana, der hatte eine schwarze Ratte. Venkata Ramana ist übrigens ein schöner Name … Und dieser Ramana setzte seine Ratte jeden Morgen für eine Stunde in eine Kiste, in die er eine Pistole eingebaut hatte, an deren Abzug ein Stückchen Käse mittels einer Schnur festgebunden war. Die Waffe war so empfindlich, dass die Ratte bei der kleinsten Bewegung am Käse erschossen würde. Innerhalb dieser einen Stunde konnte Ramana daher nie genau sagen, ob die Ratte den Käse anrühren, beziehungsweise, ob die Pistole losgehen würde oder nicht. Er fasste also beide Möglichkeiten zusammen. Das heißt, für Ramana war die Ratte am Morgen weder lebendig, noch tot, sondern es gab nur die tote und die lebendige Ratte zusammengenommen. Welchen Reiz dieses Experiment hatte, ist unverständlich. Zumal der Käse sich nie bewegte, und die Ratte alle Versuche überlebte. Eines Tages jedoch stieg Ramana selbst in die Kiste, und tötete sich mit der gleichen Waffe. Aber das ist hier nicht wichtig.« Gurdjieff machte eine Pause. »Wichtig ist diese eine Stunde, während der die Ratte sowohl lebendig als auch tot war.« Schließlich fragte er: »Hast du erraten, Suliko, worauf ich hinauswill?«

Die Gorosias verstanden nicht viel von dieser Dunkellehre. Sie begriffen nur, dass Gurdjieff Tschikobawa in eine Versuchsratte und ihre Wohnung in so etwas wie ein mystisches Labor verwandelt hatte. Vorsichtshalber besah sich Niko Nugsai genauer, aber Ähnlichkeit mit einer Ratte konnte er keine feststellen. Und Nino dachte sich, die Ratte sei schlauer gewesen als ihr Besitzer. Zudem glaubte sie, das

Bild irgendwoher zu kennen. Nur, dass auf dem Bild, an das sie sich erinnerte, die Pistole auf eine Katze gerichtet war. Woher sie aber das Bild kannte, wusste sie nicht. Unverständlich blieb für die beiden auch, warum ausgerechnet die Reue die wichtigste Emotion sein sollte. Aber darüber, was in ihrer alten Wohnung vor sich ging, wussten die Gorosias vieles nicht, und wollten es auch nicht erfahren. Sie wussten nicht einmal, dass kürzlich ein Ermittler der Mtazminda-Rajons-Polizeistation dort aufgetaucht war.

Einmal, als Niko sich gerade vom Jadekaiser zuzwinkern ließ und Nino auf der Liege im Hotelschwimmbad ruhte, klingelte jemand an der Tür ihrer alten Wohnung. Foucault spitzte die Ohren. Gurdjieff, der vor dem Fernseher gesessen hatte, stand auf, legte die Fernbedienung auf die Lehne des Sessels und ging zur Tür. Foucault folgte ihm. Durch das Guckloch sah Gurdjieff im Treppenhaus einen unbekannten jungen Mann mit ordentlich gekämmten braunen Haaren und Aktenmappe in der Hand. Er trug eine hoch sitzende Jeans und ein hellblaues Hemd mit Kugelschreiber in der Brusttasche. Gurdjieff gefielen weder die Aktenmappe noch der Kugelschreiber. Vorsichtshalber ging er wieder zurück ins Wohnzimmer und stelle den versteinerten Tschikobawa unter Ermahnungen in die Abstellkammer.

»Merk dir bloß, dass du jetzt leise bist!«

Als Gurdjieff die Wohnungstür öffnete, stockte dem Unbekannten der Atem. Der aus der Wohnung strömende Gestank hätte ihn beinahe umgehauen. Foucault knurrte ihn an.

»Foucault, Fou!«, beschwichtigte ihn Gurdjieff.

»Guten Tag«, er zeigte Gurdjieff einen zuvor gezückten Ausweis und steckte ihn wieder ein. »Hauptkommissar Dawit Okudschawa. Ermittler.«

»Georg Mtazmindeli*«, Gurdjieff reichte ihm die Hand. »Dichter.«

In Wirklichkeit war Dawit Okudschawa kein Hauptkommissar, sondern nur ein Wachtmeister aus der Gruppe, die mit dem Fall von Nugsar Tschikobawas Verschwinden betraut war. Als Hauptkommissar hatte er sich nur ausgegeben, um den barfüßigen Alten zu beeindrucken. Zumal er angenommen hatte, einen dieser leicht vertrottelten, verschrobenen Reimschmiede vor sich zu haben, die sich seltsame Pseudonyme ausdenken, Blankverse schreiben, in einem Schweinestall leben und laut Selbstgespräche führen. Im Prinzip sind georgische Dichter auch so. Gurdjieff war nur mit Shorts und Korsett um die Taille bekleidet, auf seinen Schultern kräuselten sich die weißen Haare. Das unrasierte, faltige Doppelkinn wackelte langsam hin und her wie bei einem alten, wiederkäuenden Büffel.

»Darf ich Ihnen ein paar Fragen stellen?«

Gurdjieff starrte Okudschawa mit seinen kurzsichtigen

* Georg Mtazmindeli, auch »Georg vom Athos« genannt, war ein Mönch und berühmter Hymnendichter und Übersetzer aus dem 11. Jahrhundert. Er lebte und arbeitet auf dem Berg Athos in Griechenland und lange auch in Georgien. Sein georgischer Name bedeutet »Georg vom Mtazminda-Berg«. Da Gurdjieff in der Romangeschichte auch auf dem Berg lebt, ist seine Antwort sowohl korrekt als auch gelogen.

Augen an, als hätte er ihn nicht verstanden. Diesem kam es vor, als scanne jemand gerade sein Gehirn und wühle dabei in seiner Seele herum. Das Schweigen dauerte an. »Er durchleuchtet mich«, dachte Okudschawa und bekam zittrige Knie.

»Sei verflucht, widerlicher Jesuit!«, schleuderte Gurdjieff ihm plötzlich entgegen.

Der Leutnant erstarrte. Gurdjieff lachte, dass sein Doppelkinn wackelte.

»Das waren doch nur Flusen. Selbst wenn verfluch ich dich, so segnet dich mein Busen.«

Okudschawa blickte mechanisch hinunter auf die rosafarbenen, mit weißen Löckchen überwucherten Brustwarzen des Alten.

Plötzlich schmunzelte Gurdjieff verstohlen, sein schielendes Auge funkelte auf, und er bat den falschen Hauptkommissar zu sich in die Wohnung:

»Komm, mein Lieber, komm herein.«

Gurdjieff ging zur Seite. Okudschawa hielt den Atem an, trat unwillig ein. Gurdjieff führte ihn in die Küche, deutete auf einen Stuhl. Der Mann setzte sich, legte die Aktenmappe, Notizbuch und Kugelschreiber neben den aufgeklappten Laptop. Foucault beschnupperte neugierig seine Schuhe und Socken.

»Tee? Kaffee?«, fragte Gurdjieff großzügig.

»Machen Sie sich keine Umstände, ich habe nur ein paar Fragen«, Okudschawa spürte einen warmen Luftschwall und eine feuchte Schnauze an einer Socke.

»Ich höre«, sagte Gurdjieff und fragte gleich zurück: »Bist du irgendwie mit Bulat Okudschawa verwandt?«

Foucault ließ vom Bein des Kommissars ab, sprang auf seinen Sessel.

»Ich glaube nicht«, erwiderte Okudschawa etwas verwirrt, »wer ist Bulat Okudschawa?«

»Ach, ein alter Barde, fiel mir nur grad ein …« Gurdjieff holte ein Ei aus dem Kühlschrank. »Ich könnte dir Goglimogli machen. Mit Zimt.«

»Nein, danke.« Okudschawa wollte so schnell wie möglich weg, die Wohnung verursachte Beklemmungen, denn es war keine Wohnung, sondern ein versifftes Drecksloch, und während seine Kleidung den abartigen Gestank aufsog, fragte er dennoch: »Fangen wir an?«

»Ja, fangen wir an.« Gurdjieff legte das Ei zurück in den Kühlschrank und setzte sich an die andere Seite des Tisches.

Okudschawa dachte, der Alte schlage öfter Eigelb mit Zucker auf und erklärte sich die Fettflecken an den Wänden und auf dem Linoleumboden damit.

Okudschawa schlug das Notizbuch auf und nahm den Kugelschreiber zur Hand.

»Haben Sie in letzter Zeit vielleicht etwas Eigenartiges beobachtet?«

»Etwas Eigenartiges?« Gurdjieff sah sich in der Küche um.

»Wann?«

Okudschawa blickte in seine Mappe.

»Am 25. Juni.«

»Am 25. Juni ...« Gurdjieff dachte nach, der Laptopbildschirm beleuchtete sein Gesicht. »Wenn ich mich recht erinnere, kam an diesem Tag im Jahr 1857 Baudelaires ›Die Blumen des Bösen‹ heraus, im Jahr 1872 wurden den Jesuiten die Ausübung ihrer Religion verboten, 1907 überfiel Josef Dschugaschwili* einen Geldtransport in Tbilissi, 1910 feierte im Pariser Théâtre National de l'Opéra das Ballett »Der Feuervogel« von Strawinsky Premiere und der 25. Juni 1978 gilt als der Geburtstag der Regenbogen-Flagge der warmen Brüder. Und 1984 starb an diesem Tag das französische Superhirn Michel Foucault«, referierte er und verfiel dann in Schweigen.

Foucault hatte seinen Namen gehört und starrte mit gespitzten Ohren Gurdjieff an. Okudschawa war sich unschlüssig, ob der Alte durch das Herunterbeten von Wikipedia-Infos sein altes Gehirn trainieren wollte, sich für schwachsinnig ausgab oder tatsächlich verrückt war. Im schien, als habe der Gestank nicht nur jeden Millimeter seines Körpers besetzt, sondern sei bereits in sein Gehirn gesickert.

»Ich meine den Juni dieses Jahres«, präzisierte er.

»Dieses Jahres ...« Gurdjieff wurde wieder nachdenklich, dann, als habe er einen Geistesblitz, klatschte er in die Hände: »Genau! Wurde nicht am 25. Juni das Stalin-Denk-

* Georgischer Geburtsname des späteren Diktators Josef Wissarionowitsch Stalin.

mal aus dem Zentrum von Gori entfernt? Was gibt es Eigenartigeres als das.«

Der Kommissar, ein junger Patriot, hätte ihm gern erwidert, dass die Demontage des Stalin-Denkmals vollkommen gesetzesgetreu und alles andere als eigenartig gewesen sei. Aber er sagte etwas anderes:

»Was können Sie mir über Ihre Nachbarin, Frau Manana Qipiani sagen, was ist das für eine Person?«

»Sie ist eine wunderbare Frau, diese Manana, richtig zum Vernaschen«, sagte Gurdjieff ohne nachzudenken, da ihm ihr voller Busen und die großen, vollen Lippen wieder einfielen.

In diesem Moment ertönte ein dumpfes Ächzen hinter der Wand. Vielleicht hatte Tschikobawa Mananas Namen gehört und fing deswegen zu brummeln an. Okudschawa erschauderte und fragte leise:

»Wer ist dort?«

»Dermannohneeigenschaften«, sagte Gurdjieff ernst.

»Erman wer?«

Da Tschikobawa sich weiterhin bemerkbar machte, stand Gurdjieff auf, und bedeutete Okudschawa, er solle mitkommen. Dieser hatte eigentlich keine Lust, mit dem verrückten Alten irgendwo hinzugehen, doch etwas anderes als gewöhnliche Neugierde ließ ihn Gurdjieff folgen. Foucault plumpste geräuschvoll vom Sessel.

Bevor Gurdjieff die Tür der Abstellkammer öffnete, drehte er sich noch einmal zu Okudschawa und legte den Zeigefinger auf die Lippen: »Psst!«

Aus der Abstellkammer quoll ein acetonähnlicher Geruch. Durch die leicht geöffnete Tür konnte Okudschawa nicht viel erkennen, außer einem in der Schwebe hängenden roten Punkt. Als sich seine Augen an die Dunkelheit gewöhnt hatten, bemerkte er eine stehende Gestalt, der das aschfarbene Haar wie Borsten eines Stachelschweins vom Kopf standen. Das Wesen brabbelte vor sich hin: Seele mein, Seele mein, erquicke dich und schlafe nicht, der Untergang, er nahet sich, trägst du noch Pein, in deinem Sein …«

Der Kommissar zitterte und fragte Gurdjieff flüsternd:

»Wer ist das?«

»Ein abchasischer Schwarzer«, gab Gurdjieff ebenfalls flüsternd zur Antwort, »aus Adsiubsha.«

»Ist er Georgier?«

»Er stammt wohl von den Afrikanern ab, die Fürst Scherwaschidse im 17. Jahrhundert auf dem Istanbuler Sklavenmarkt gekauft und mit nach Abchasien genommen hat«, wiederholte Gurdjieff mechanisch die Wörter des Huhns.

Erst jetzt bemerkte Okudschawa Tschikobawas Kutte. Beim Anblick der im Dunkeln verharrenden Gestalt musste er an die Gebeine von Heiligen denken, die er als Kind in der Kiewer Höhlen-Lawra gesehen hatte.

»Ist das ein Mönch?«, fragte er.

»Ja, ein Mönch …« Gurdjieff fiel auf die Schnelle nichts Besseres ein: »Pater Mauritius.«

»Seltsamer Name«, nuschelte Okudschawa und dachte bei sich: »Das hier sind Irre.«

Tschikobawa sah den Kommissar aus der Dunkelheit

an und setzte ihm den roten Zielpunkt mittig auf die Stirn. Dann sprach er: »Mit großem Schrecken erfüllte mich der Tod, und mein Verschwinden von dieser Erde lehrte mich zu lieben, Bekehrung und Buße …«

»Seltsam«, sagte Gurdjieff, »aber exotisch interessant.«

»Warum ist er hier eingeschlossen?«

»Manche Mönche suchen die Einsamkeit einer Höhle.«

Okudschawa hätte gerne noch gefragt, warum der Pater so abartig stank, traute sich aber nicht. Währenddessen begann Tschikobawa mit ächzender Stimme ein apokryphes Gebet zu singen:

Christ, sei nicht zürnend
Herrlich sind Deine Werke
Rufen wir Dich, erhöre uns
In der Not Gib Dein Manna
Sieh gütig auf uns Kinder
Treu bewahr uns vor Bösem
Erstrahl in Deinem Lichte
Rette uns vor den Feinden
Bei Dir gibt es Vergebung
Auf Deinem Altar der Ehre
Regiert nur Dein Kommando
Mächtig kräftiger Erlöser
Dein Wort stiftet Salbung
In Ewigkeit stehe uns bei
Christ, sei Du unser Credo
Hier, heute und allzeitens.

»Die Buchstaben am Zeilenanfang und -ende ergeben von oben nach unten gelesen: Christ erbarm dich des armen Georgios«, erklärte Gurdjieff und schloss die Tür zur Abstellkammer.

Der Kommissar war von den Eindrücken so überwältigt, dass er nicht auf die Idee kam, hinter Pater Mauritius den zu vermuten, den er suchte. Okudschawa bemerkte zwar, dass der Eingesperrte in der Abstellkammer schwer zu leiden hatte, aber es wirkte folgerichtig und selbstgewählt.

Gurdjieff und Okudschawa kehrten in die Küche zurück. Foucault stellte sich auf die Hinterbeine, stützte sich gegen Gurdjieff. Dieser kraulte ihm das Ohr. Aus der Kammer ertönte leiser Gesang: »Voll Grauen ist die Seele mein, tat ich so viele Freveleien …«

»Ich möchte Sie nicht weiter stören«, sagte der Kommissar und räumte seine Sachen vom Tisch.

»Du gehst schon?«, wunderte sich Gurdjieff, »wir hätten wenigstens einen Tee trinken können, bis das Higgs-Boson gefunden ist.«

»Lassen wir das.« Okudschawa sah auf die Armbanduhr. »Ich habe noch jede Menge Arbeit.«

»Oh Gott, immer nur Arbeit, Arbeit! Wann soll man sich denn mal erholen?« Gurdjieff strich Okudschawa völlig unerwartet über die Wange, zog eine gelbliche, dünne Honigkerze hinter seinem Ohr hervor und reichte sie ihm:

»Hier, von mir.« Gurdjieff gefielen seine Zaubertricks sehr.

Der verwirrte Okudschawa steckte Kugelschreiber und Kerze mechanisch in die Brusttasche, der süßliche Duft der Honigkerze stieg ihm in die Nase.

Sie gingen in den Flur, Gurdjieff öffnete die Tür, reichte Okudschawa die Hand:

»Schau doch ab und zu mal vorbei.«

Dann reichte Okudschawa Gurdjieff die Hand, sah ihm in die Augen und ... vergaß plötzlich ganz und gar, wo er gerade noch gewesen war, wer dieser barfüßige, behaarte Alte war, der ihn an einen Waldmenschen erinnerte, aus dessen Ohren Ruß qualmte, der um die Taille ein Korsett trug wie ein Schah seinen Gürtel, und der ihm jetzt die Hand schüttelte ... woher außerdem dieser Hund kam, der schwanzwedelnd neben ihm stand. Gurdjieff lächelte dem falschen Kommissar gütig zu und sah ihm weiter eindringlich in die Augen.

Kurz darauf stieg Wachtmeister Dawit Okudschawa die Treppe hinab, die Aktenmappe in der Hand, eine Kerze in der Brustasche, mit einem trockenen Mund, leeren Kopf und einem von irgendwo ihm zufliegenden Gebet: »Unerreichbares Reich du und Fülle der Liebe, reinige die Kleider meiner sündhaften Seele, und erlöse mich, auf dass ich mit reuvollem Herzen dich anrufe: Halleluja.«

Von diesem Besuch wusste Niko nichts. Doch wusste er, dass es nicht für immer so bleiben konnte, und rechtzeitig eine Lösung gefunden werden musste. Denn früher oder später wäre der Geruch aus der Wohnung nach außen gedrungen und hätte die Nachbarn alarmiert. Das würde nicht nur den Verlust des Barbarella-Posters bedeuten, sondern ernsthafte Probleme. Ein kleines Detail hätte alles auf den Kopf stellen können.

Außerdem mussten noch zwei Dinge geklärt werden: Das weitere Schicksal von Gurdjieff und das von Foucault. Tatsache war, dass Niko sich sehr schwer, oder besser: überhaupt nicht vorstellen konnte, dass Foucault auch in der neuen Wohnung die Sessel besabbern und überall Haare auf dem Boden hinterlassen könnte. Natürlich fiel es ihm schwer, sich das einzugestehen, aber der Hund durfte in die neue Wohnung nicht mit. Was Gurdjieff anging, blieb die Frage, ob er endlich in seiner Saitenschwingung oder Kurve zu verschwinden gedachte. Denn Niko hatte sich vorgenommen, die alte Wohnung zu renovieren und zu vermieten. Mit einem Hund und einem alten Mann darin, war das nicht zu bewerkstelligen.

In erster Linie aber sorgte Niko die Sache mit Tschikobawa. Beim Einkaufen, auf der Straße, im Hotelzimmer oder wenn er in irgendeinem Café saß, zuckte er manchmal plötzlich zusammen; er bildete sich ein, der Gestank habe es aus der Wohnung hinausgeschafft und sei nun in ganz Tbilissi zu riechen. Gegen Tschikobawa selbst hatte er nichts, tief im Herzen gefielen ihm sogar seine Bußgesänge. Aber es war sonnenklar, dass sie Nugsar loswerden mussten. Und zwar rechtzeitig. Auch wenn sie ihn dazu zerlegen und in Plastiktüten auf den Müll werfen oder außerhalb der Stadt vergraben mussten. Schon die Vorstellung einer Axt oder Säge ließ Niko fast ohnmächtig werden. Eine andere Option fiel ihm aber nicht ein. Hier hoffte er auf Nino, die allerdings gar nicht dafür zu erwärmen war, Tschikobawa zu zersägen, und meinte:

»Warte noch, uns wird schon was einfallen.«

Dann eines Tages, als Niko und der Designer gerade einen Katalog nach einer Küche für die neue Wohnung durchsuchten, kam auf Nikos Handy eine Nachricht von Nino, in der nur ein Satz stand:

»Ich weiß, was wir machen.«

Fünfter Akt

Der alte Kombi

Am Abend saßen die Gorosias auf der Terrasse des Hotels Radisson. Es war angenehm kühl. Von dort aus konnte man hervorragend das rechte Ufer der Kura überblicken. Die Sonne war noch nicht untergegangen, doch war in der Stadt die Nachtbeleuchtung schon an. Die meisten Tische waren leer. Nur etwas weiter weg saßen ein paar georgisch aussehende Ausländer und ausländisch aussehende Georgier. Ein leichter Wind trug Gerüche verschiedener Speisen von der Küche herüber. Vor Nino stand ein ungezuckerter Espresso: eine homöopathische Dosis bitteren Kaffees. Die untergehende Sonne verlieh dem Himmel eine rötliche Färbung. Aus den Lautsprechern plätscherte Lounge-Musik. Der Schaum auf Nikos unberührtem Latte macchiato war zusammengeschrumpft und sah aus wie das Fragment einer mit Striae überzogenen Frauenlende. Niko rollte eine Serviette zusammen, öffnete sie wieder, rollte sie erneut zusammen.

»Erinnerst du dich noch an die kleine Kirche, die wir letztes Jahr in Sabue gesehen haben?«

»Ich erinnere mich«, sagte Niko und gleich schwebte ihm deutlich das Bild eines kleinen, uralten, steinernen Gotteshauses mit ausgeblichenem Ziegeldach und schmalen Fenstern vor Augen.

»Einen komischen Namen hatte die …«

»Sie heißt doch Chmala Kirche, oder?«, sagte Niko.

»Genau, dort müssen wir Nugsar hinbringen.«

»Wozu das denn?«, fragte Niko, »das war doch eine verlassene Kirche, oder?«

»Umso besser. Wie schleusen Nugsar über Nacht ein und lassen ihn einfach dort.« Nino zog an ihrer Zigarette. »Das ist alles sehr einfach. Dann finden die Bewohner von Sabue einen Fremden, der immer nur da steht und betet. Er braucht ja weder Essen noch Trinken noch muss er zur Toilette gehen. Man wird doch nicht einen Betenden aus der Kirche werfen. Und Nugsar wird freiwillig nirgendwohin gehen. So wird keiner wissen, wer er ist, und wie er dort hinkam.«

»Ja, aber was, wenn er alles erzählt?

»Er wird nur sagen, was Ray ihm aufträgt.«

»Und der Geruch?« Darüber machte Niko sich die meisten Sorgen.

»Ist egal.« Nino zuckte die Schultern. »Im Dorf riecht doch jeder ein bisschen.«

Niko dachte nach; Ninos Plan wirkte außerordentlich

simpel und frech, vielleicht könnte er genau deswegen funktionieren. Er resümierte:

»Wir müssen also mit Ray sprechen.«

»Besser, du sprichst ihn direkt an.«

Ein Kellner trug am Tisch der Gorosias eine Pizza vorbei, der ein Schweif aus Käse-, Tomaten- und Olivengeruch folgte.

»Kein Problem.« Niko hatte überhaupt keine Lust, Gurdjieff direkt anzusprechen, das ließ er sich jedoch nicht anmerken. »Dann frage ich ihn auch, wann er selbst vorhat zu verschwinden.«

»Das kommt danach.« Nino drückte die Zigarette im Aschenbecher aus. »Erst muss die Sache mit Nugsar geklärt sein.«

Wenn das geklärt sein würde, hätte Niko sich nicht nur bereit erklärt, mit Gurdjieff zu sprechen, er hätte auch mit Foucaults Hundehaufen gesprochen, Hauptsache Nino stand ihm wieder bei ... Oder er stand Nino bei. Dieses Detail war nicht so wichtig. Im Übrigen hätte Niko lieber mit einem Hundehaufen als mit Gurdjieff gesprochen. Er rechnete mit einem längeren Gespräch, denn aus irgendeinem Grund ging er davon aus, Ray würde mit Tschikobawas Ausquartierung nicht einverstanden sein und müsste aufwändig überredet werden. Doch dann verlief alles ganz reibungslos.

Am nächsten Tag, als Gurdjieff und Niko ins Wohnzimmer kamen, sah Niko einmal kurz zu Tschikobawa hinüber und sagte direkt, aber doch leise zu Gurdjieff:

»Wir können den nicht länger hierlassen.«

Gurdjieff seufzte nur und man hörte Nugsar leise brummeln: »Mein Fleisch von Sünden ist ein Meer, darauf geh'n hoch die Wellen her, taucht meine Seele dort hinein, ist groß, O Richter du, die Pein …«

»Es gibt eine schöne kleine Kirche in Sabue. Dort bringen wir ihn hin«, fuhr Niko fort.

Gurdjieff sah mit einem so warmen, liebevollen Blick zu Nugsar, dass es Niko gleich leidtat.

»Für ihn ist es auch besser«, sagte er schließlich, als würde er sich rechtfertigen.

»Vielleicht.« Gurdjieff zuckte die Schultern. »Wann sollen wir ihn wegbringen?«

Niko überraschte es, dass Ray bereit war, sich an der Sache zu beteiligen.

»Morgen Nacht.«

»Also ist schon alles entschieden …« Niko nickte.

»Dann soll es so sein«, sagte Gurdjieff und murmelte vor sich hin: »So ist es in der unerträglichen Quantenmetaphysik des Seins.«

Für Tschikobawas Transport hatten die Gorosias einen zwölf Jahre alten Subaro Forester beschafft. Es war ein schlecht erhaltener, hässlicher Kombi. Dies hatte seine Gründe. Erstens konnte Nugsar die Glieder nicht beugen und hätte von daher schwer in ein Auto mit Stufenheck gepasst. Im Forester hatten bei umgeklappter Rückbank auch zehn Männer Platz, zumindest übereinander. Der zweite Grund war noch entscheidender: Aufmerksamkeit. Auf dem Land ist ein allzu schicker Wagen allen ein Dorn im Auge. Doch wer schaut bei einem Forester schon genauer hin? Der Wagen, dessen Farbe der Fahrzeugschein als Hellsilber auswies, war eindeutig dunkelgrau, er hatte auf der rechten Seite der ausgeblichenen Karosserie eine verspachtelte Tür und Scheinwerfer, die durch das hohe Alter oxidiert waren. Ganz zu schweigen vom völlig heruntergekommenen Innenraum. Als Ersatzteillager wäre er vielleicht noch durchgegangen. Immerhin waren die Scheiben des Kofferraums so verdunkelt, dass man von außen nicht hineinsehen konnte.

Es war zwei Uhr nachts, als Nino den Wagen zum Treppenhauseingang fuhr, den Motor abstellte und zu den Fenstern des Hauses hinaufblickte. Nirgendwo brannte mehr Licht. Nur hier und da sah man hinter geöffneten Fenstern noch das blass-blauviolette Licht von Fernsehern. Nino gab Niko, der wie vereinbart in der abgedunkelten Küche den Hof überwacht hatte, ein Lichtzeichen mit den Scheinwerfern. Mit Nikos alten Turnschuhen, den cremefarbenen Shorts und seinem weißen Unterhemd bekleidet stand Gurdjieff hinter dem Spion und kontrollierte das Treppenhaus. Foucault starrte ihn an und wedelte wie ein Metronom mit dem Schwanz. Neben dem Tier lag Tschikobawa auf dem Boden, von Kopf bis Fuß sorgfältig in Plastikfolie gewickelt. Er erinnerte an einen Fisch aus der Kühltheke. So hatte nicht nur der Gestank keine Chance zu entweichen, auch der Lichtstrahl des Laserauges war unter Verschluss.

Niko lief zur Wohnungstür, raunte Gurdjieff zu:

»Nino ist da.«

»Foucault, hierher!«, befahl Gurdjieff dem Hund im Flüsterton und öffnete die Tür.

Alles lief nach Plan. Niko und Ray hoben den versteinerten Nugsar wie einen Baumstamm an und trugen ihn leise die Treppe runter ... Foucault folgte ihnen auf den Fersen. Die Männer schoben das Paket in den Kofferraum, in dem für alle Fälle ein paar Lufterfrischer bereitlagen. Nino startete den Wagen, Gurdjieff und Foucault stiegen hinten ein. Niko öffnete die Beifahrertür. Bevor er einstieg, sah er kurz hinauf zu den verdunkelten Fenstern. Er bemerkte niemanden. Etwa die von Schlaflosigkeit geplagte alte Sina, die in diesem Moment im zweiten Stock hinter der naphthalindurchtränkten Wollwäsche in ihrem Sessel saß und in den Hof hinunterblickte. Den kahlen Abdullah, der, von den Autogeräuschen geweckt, die Aktion vom Fenster seiner ebenfalls verdunkelten Kellerwohnung verfolgte und sich automatisch Uhrzeit und Autokennzeichen merkte. Niko dachte derweil, im ganzen Hof sei gerade nur ein einziges Wesen wach; nämlich die Fledermaus, die im schwachen Licht der Straßenlaterne herumflatterte und die schwere Luft ein wenig belebte.

»Dann los jetzt«, sagte Gurdjieff.

Der singende Wels

Kaum hatten sie den Hof verlassen, schaltete Nino das Radio ein und drehte die Lautstärke so weit auf, dass eine Unterhaltung unmöglich war. Sie hatte keine Lust, sich unterwegs Gurdjieffs Geschwafel anzuhören. Der verträumten Popmusik, die aus den Lautsprechern düdelte, schien Valium unter die Töne gemischt zu sein, beruhigend und ermattend.

Den Flughafen hatten sie bereits hinter sich gelassen, ohne dass auch nur ein Wort gefallen war. Mechanisch betrachtete Niko im Halbschlaf die vorbeisausenden Werbetafeln. Foucault hatte den Kopf aus dem Fenster gesteckt, er hatte die Schnauze geöffnet, die Zunge hing heraus. Der Fahrtwind schlug ihm entgegen, so dass er die Augen schließen musste. Nino, die beständig nach vorn sah, hatte einen Filmanfang im Kopf: ein von Scheinwerfer beleuchteter Straßenabschnitt, musikalische Untermalung, weiße, gestrichelte Linien durchziehen das Bild, Untertitel leuchten auf. Gurdjieff schlief bereits. Lag zusammengerollt wie ein Embryo auf dem Sitz und sabberte. Foucault wurde das Windschlucken bald fad, er quetschte sich vor Gurdjieff in den Fußraum und lehnte den Kopf bei seinem Herrchen an. Den Gesang des in Folie verpackten Nugsar übertönte die laute Musik.

Nino war eine gute Fahrerin, der Wagen sauste wie an einer Schnur durch die leere Straße. Manchmal schien es, sie würde eine Kurve nicht kriegen, der Wagen jeden Moment umkippen, doch irgendwie blieb er immer auf der Fahrbahn. Ein dunkles, eintöniges Dorf folgte auf das andere. Ohne die Verkehrszeichen hätte man kaum erkannt, wann das eine endete und das nächste begann. Je weiter sie sich von Tbilissi entfernten, umso stärker nahmen die Zeichen der Zivilisation ab. Die dunklen Umrisse der Landschaft wurden dafür immer ausgedehnter. Was die Dunkelheit noch zäher und greifbarer machte. Man konnte kaum noch erkennen, wo der Horizont verlief, wo der schwarzblaue Himmel und die blauschwarze Erde sich trafen. Nur die Werbetafeln entlang der Straßen riefen gelegentlich die Gegenwart zurück ins Gedächtnis, die doch in immer weitere Ferne rückte.

Als sie gerade die Ausfahrt in Richtung Signagi passiert hatten, entdeckte sie einen Streifenwagen mit blau-roten Lichtern auf dem Dach im Rückspiegel. Er war aus dem Nichts aufgetaucht, als hätte die Dunkelheit ihn ausgespuckt. Niko verspürte keine Angst, an Gurdjieffs Seite fühlte er sich sicher, denn egal in was für eine Situation er geriet, er löste sie immer und das mühelos. Trotzdem bemerkte Niko, dass seine Hände schwitzig wurden.

Nino verlangsamte die Geschwindigkeit, hielt am Fahrbahnrand, schaltete das Radio aus und kurbelte das Fenster hinunter. Im Spiegel beobachtete sie, wie der Polizist aus dem Streifenwagen stieg, seine Kappe aufsetzte und auf dem Weg zu ihnen die Waffe an seinem Gürtel zurechtrückte.

»Wachtmeister Tsintsadse.« Der Polizist beugte sich zum Fenster runter: »Ihre Papiere bitte.«

»Sofort.« Nino wühlte in ihrer Tasche. Gurdjieff kurbelte das hintere Fenster herunter.

»Hallo«, begrüßte er den Wachtmeister.

Dieser gab Gurdjieff jedoch keine Antwort, nahm Nino die Papiere ab und inspizierte den Führerschein:

»Frau Nino Dartschia, sie haben die Geschwindigkeitsbegrenzung ignoriert.«

Foucault bellte, was wohl als Antwort gemeint war.

Der Wachtmeister drehte sich abrupt um, er glaubte in seinem Rücken den Atem von jemandem vernommen zu haben, doch dort war niemand.

»Fou!«, wies Gurdjieff den Hund zurecht.

Der Wachtmeister sah in den Wagen, betrachtete die Reisenden, den Hund, bemerkte das lange, aus dem Kofferraum ins Wageninnere ragende Paket.

»Was ist das da hinten?«, fragte er.

Im Seitenspiegel beobachtete Niko heimlich den Streifenwagen, in dem ein weiterer Polizist saß. Bevor Nino etwas einfiel, antwortete Gurdjieff unbekümmert:

»Fisch.«

»Fisch?« Ungläubig musterte der Offizier das unförmige Paket, aus dem dumpfes Gebrumm zu vernehmen war.

»Ein Wels ist es«, fügte Gurdjieff hinzu und betätschelte den eingewickelten Tschikobawa, »ein singender Wels.«

Der Offizier legte die Hand an die Waffe, sah Gurdjieff kurz in die Augen und ... senkte gefügig die Hand. Das Misstrauen in seinem Antlitz verschwand sofort. Er ließ die Schultern hängen, seine gerunzelte Stirn glättete sich. Natürlich, was hätte anderes im Kofferraum liegen können als ein singender Wels? Er gab Nino die Papiere zurück:

»Gute Weiterfahrt.«

Nino startete den Motor, der Wagen setzte sich langsam wieder in Bewegung.

Gurdjieff steckte den Kopf aus dem Fenster:

»Bist du irgendwie mit Kalistrate Tsintsadse verwandt?«

»Nicht, dass ich wüsste.« Der Wachtmeister strich sich über den Nacken, wieder hatte er einen Atem im Rücken vernommen. »Wer ist denn Kalistrate Tsintsadse?«

»Vergiss es ...«, rief Gurdjieff dem Polizisten am Fahrbahnrand noch zu. »Lebe wohl, mein Freund!«

Von hier an fuhren sie einfach durch. Es war kurz nach fünf, als sie die Brücke über den Alasani passierten. Die Morgensonne war noch nicht zu sehen, doch ihr Licht lag bereits über dem Horizont. Die Männer schliefen. Vor Ninos Augen erwachte die Natur. Nur wenige Minuten dauerte dieses Schattenspiel an. Es war noch kühl. Dann stieg die Sonne über den Horizont, und die Schatten der Bäume wurden kürzer und blasser. Nino nahm den Fuß ein wenig von Gas und kurbelte das Fenster runter. Der Geruch von feuchter Erde und frischem Gras strömte ins Auto. Auf der einen Seite lagen die Berge, gesprenkelt mit Dörfern, weiter hinten, in der Ferne, zeichnete sich die Silhouette des nebelversunkenen Kaukasus ab; auf der anderen Seite erstreckten sich die Wiesen, Äcker und Wälder von Kachetien.

Als hoch auf dem Hügel die rote Gremier Kathedrale sichtbar wurde, schaltete Nino reflexartig das Radio aus. Es schien, als verginge die Zeit langsamer. Bei Morgenröte wirkte die Ebene weiter, als sie tatsächlich war. Der Anblick dieser einsamen Wiesen, der lang gestreckten Weingärten, der ausgeblichenen Getreidefelder, des gemächlich dahinfließenden Alasani, der emporragenden Gremier Kathedrale und der Schattenlinien des Kaukasus erfüllte Nino mit einem eigenartigen Gefühl. Nur der Gesang des in Folie verpackten Tschikobawa störte die Stille. Nino spürte einen Kloß im Hals und wollte sich schon bekreuzigen, doch irgendeine Kraft hielt sie davon ab. Unbewusst sah sie auf, sah in den Spiegel und traf dort Gurdjieffs eindringlichen Blick, der sich heimlich im Sitz aufgerichtet hatte und wie ein Porzellan-Buddha mit dem Kopf wackelte. Ein Lächeln umspielte sein Gesicht, verurteilend und mitfühlend zugleich. Allerdings war undurchschaubar, wen er verurteilte oder mit wem er mitfühlte.

»Glaubst du an Gott?«, fragte Nino.

Gurdjieff schien nachzudenken. Man hätte denken können, er horche mit seinen kurzsichtigen Augen in sich hinein, um dort eine Antwort auf die Frage zu finden. Dann sah er Nino im Spiegel an:

»Gott bewahre mich davor«, sagte er schließlich und lachte los.

Nino verstand nicht, weswegen Gurdjieff lachte, wegen ihrer Frage oder seinem Kalauer. Foucault bellte zustimmend. Das Gebell weckte Niko, der die Gegend sofort erkannte; sie waren schon kurz vor Sabue.

Die gastronomische Pietà

Nino parkte den Wagen dicht vor der Kirche mit dem ausgebleichten Ziegeldach. Gurdjieff kurbelte das Fenster herunter, Foucault steckte den Kopf hinaus, schnupperte. Rundum war keine Menschenseele, nur in der Ferne strich ein Bauer mit geschulterter Sense durch ein Feld.

Die Männer hoben Tschikobawa aus dem Kofferraum, trugen ihn ins Gotteshaus ... und blieben wie angewurzelt stehen. In einer Ecke schlief jemand; auf Holzbrettern, die man offenbar einfach über ein paar Backsteinstapel gelegt hatte, war ein Schlaflager eingerichtet; ein schmächtiger Mann lag voll bekleidet da. Er sah aus, er hätte er einer Vogelscheuche die Kleider geraubt.

Niko schaute sich rasch um. Es war ein uraltes, längliches Gemäuer, das aus einem einzigen Raum bestand. Knapp fünf Schritt breit und zehn lang. Moos wucherte in den Fugen an den Wänden und auf dem unbefestigten Boden. Neben dem Schlaflager stand ein eingestaubter Holzklotz, darauf eine Flasche mit einer trüben Flüssigkeit und einem Lumpen als Verschluss, die an einen Molotowcocktail erinnerte; auf einer ausgebreiteten Zeitung lagen Eierschalen und trockene Brotrinden. Eine Leinwand hing an der Wand. Der Maler hatte alles gegeben: Der Heiland trug keinen Heiligenschein, vielmehr schien sein Kopf Feuer gefangen zu haben. Auch hatte man ihm ein viel zu langes Gesicht gemalt und unmöglich große, unnatürlich blaue Augen. Um die Leinwand herum klebten zwischen rußgeschwärzten Steinen einige Kerzenstummel, die aussahen wie gelbe Würmer.

Die Männer setzten den eingewickelten Nugsar vorsichtig auf dem Boden ab. Foucault fing an, das Moos zu beschnuppern. Gurdjieff holte ein Klappmesser aus der Tasche seiner Shorts, zerschnitt die Folie. Der Gestank schlug ihnen entgegen.

Die Männer stellten Nugsar auf die Beine, brachten ihn in eine Ecke, falteten mühevoll seine Hände. Sogleich begann er unter leisem Pfeifen zu beten. Als freute er sich wie ein armer Wanderer, der in die Heimat zurückgekehrt ist. Niko holte ein Taschentuch aus der Hosentasche, um sich Spuren von Nugsars Öl von den Händen zu wischen.

Unterdessen erwachte der Unbekannte auf seiner Bettstatt. Er reckte sich schwerfällig, setzte sich auf, rieb sich die Augen und starrte die Gäste an. Sein Gesicht war angeschwollen, die Wangen eingefallen, die Haare strubbelig, der spärliche Bart einige Tage alt. Der Mann richtete seinen Blick erst auf Gurdjieff, dann auf Niko, zuletzt auf Tschikobawa. Schließlich bemerkte er auch den Hund, der ihm wie eine große weiße Ratte vorkam. Völlig unerwartet griff er unter sein Lager und zog eine Keule hervor, die er seltsam herumschwang, als wäre es eine Fliegenklatsche.

»Wer seid ihr, ihr Halunken?«, fragte er mit heiserer Stimme und ließ seinen Worten eine erhebliche Weinfahne folgen. Er stierte mit verkniffener Miene in den Raum, aber vergeblich. Er war so schrecklich verkatert, dass er nicht mal einer Ameise Angst eingejagt hätte.

Foucault bellte nicht, er blickte den Strubbeligen nur verwundert an.

Gurdjieff brauchte nicht lange, um die Lage einzuschätzen, erhob die Hände und sprach:

»Wir kommen in Frieden, Meister!«

Der Mann senkte die Keule ein bisschen.

»Wer ihr seid, habe ich gefragt«, rief er etwas milder, die Rauheit in seiner Stimme war verschwunden.

»Hm, wer wir sind …« Gurdjieff ging in Flüstern über, als würde er ihm ein Geheimnis verraten, und zeigte auf Tschikobawa: »Auf den dort kommt es an.«

Der Mann musterte Nugsar. Senkte ebenfalls die Stimme:

»Wer ist das?«

»›Der ist's, der nach mir kommen wird, welcher vor mir gewesen ist, dessen ich nicht wert bin, daß ich seine Schuhriemen auflöse, auch wenn er nichts an den Füßen trägt«, erwiderte Gurdjieff flüsternd, »denn ›von seiner Fülle haben wir alle genommen Gnade um Gnade‹«. Schließlich fragte er: »Bist du bereit von seiner Hülle Gnade um Gnade zu erhalten?«

»Keine Ahnung«, der Mann war verwirrt, legte die Keule auf seinem Lager ab. Er hatte nichts verstanden von dem, was ihm der Fremde gesagt hatte. Nur dass diese seltsamen Leute ihm nichts Böses wollten.

»Erlaube mir, dich zu küssen«, sagte Gurdjieff, packte den Mann plötzlich bei den Schultern, zog ihn zu sich und küsste ihn auf beide Wangen, während er ihm hinter jedem Ohr ein volles Glas Chacha* hervorholte. Das eine reichte er dem Mann, das andere behielt er selbst in der Hand. »Wie heißt du, Meister?«

»Gogia.« Der Mann griff mechanisch nach dem Glas und sagte leise: »Man nennt mich auch Schdingschdiefel.«

Gurdjieff tat, als hätte er die letzten Worte nicht gehört.

»Auf unser Kennenlernen.« Gurdjieff stieß mit dem verdatterten Gogia an, kippte den Chacha hinunter und drehte das Glas um. »So leer soll dein Feind werden, mein Seelchen.« Dann schnalzte er mit der Zunge, um zu zeigen, dass es ihm geschmeckt hatte, und fügte hinzu: »Uh, das Zeug ist wahrhaft wie Salböl.«

»Prost!«, sagte Gogia, führte das Glas zum Mund, trank und trank, konnte es aber nicht leer bekommen.

Niko verstand nicht, warum sich das winzige Glas nicht leerte, ob das ein Trick von Gurdjieff war, oder ob Gogia in

* Ein traditioneller georgischer Tresterbrand.

zu kleinen Schlucken trank. Jedenfalls kämpfte der Meister mit dem Glas, während das Getränk reichlich auf seinen Bart tropfte. Das scharfe Chacha-Aroma vermischte sich mit Tschikobawas Gestank.

Nun wurde auch Foucault unruhig, bellte ihn an, wie um zu sagen, er solle doch endlich fertig werden. Schließlich verstand Gogia, dass er den Chacha nicht austrinken konnte, und besah sich das immer noch randvolle Glas. Auch wenn noch kein Tropfen getrunken schien, entfaltete der Alkohol bereits seine Wirkung, eine beruhigende Wärme durchströmte seinen Körper.

»Dieser Becher ist nicht zu leeren.« Gurdjieff lächelte. »›Ich leerte und leerte ihn, doch ward er nicht leer‹ – so einer ist das.«

Gogia blieb stumm, starrte noch immer auf das Gefäß.

»Ich schenke ihn dir«, sagte Gurdjieff.

»Den da?«, nuschelte Gogia, »mir?« Gurdjieff lächelte ihn an:

»Nimm ein ehrlich Wort als Wahrheit wahr.«

»Wo bleibt ihr so lange?«, hörte man Nino rufen, dann trat sie ein. Verdutzt sah sie Gogia an ... Dann schaute sie mit fragendem Blick zu Niko. »Wer ist das?« Schwanzwedelnd kam Foucault zu ihr gerannt.

»Nino Chanum, lass mich euch vorstellen«, sagte Gurdjieff mit offiziösem Ton, »das ist unser Bruder und Freund, der Sterndeuter und Seher Gogia Churoschwili.«

Der Seher wollte sich erheben, Gurdjieff bremste ihn aber: »Keine Umstände, Meister, wir gehen gleich wieder«, und bevor Gogia etwas erwidern konnte, deutete er auf den in der Ecke stehenden Nugsar:

»Du kümmerst dich um ihn?«

Tschikobawa setzte Gogia mit seinem Laserauge einen Punkt auf die Stirn, röchelte dabei: »Bitten will ich dich, mich zu behalten, gnädiger Gogia, auf mich zu legen deine starke Hand, und mich hinaufzuholen aus der Tiefe meiner Sünden. Denn dort, wo die Sünde mächtig geworden ist, ist viel mächtiger geworden die Gnade. Reinige mich durch Reue, lass mich eintauchen ins heilige Taufbecken des Alasani, damit ich mit deiner Hilfe gewahr werden kann der himmlischen Hochzeit, und finden kann die große Barmherzigkeit …«

Von all dem in Entzücken versetzt rief Gogia:

»Natürlich kümmere ich mich um ihn!«

Gurdjieff zog aus der Hosentasche das gefaltete Bild des Heiligen Mauritius, das ursprünglich aus der *Orakul* stammte und lange bei den Gorosias die Wohnzimmerwand geziert hatte, öffnete es und überreichte es Gogia; dazu sprach er im kachetischen Dialekt:

»Das da ist Pater Mauritius.«

Gogia verstand nicht, wer gemeint war, der auf dem Foto Abgebildete oder der in der Ecke Stehende; oder waren die beiden etwa eine und dieselbe Person? Er sah abwechselnd auf das Bild und zu Tschikobawa, als müsse er die zehn Unterschiede zwischen den beiden finden. Fand jedoch keinen. Der Chacha hatte ihn so gut aufgewärmt, dass er nicht einmal den Unterschied zwischen Huhn und Ei bemerkt hätte. Deshalb roch er auch den Gestank nicht, der die Kirche erfüllte.

»Lebe wohl, Meister, und bleib uns wohlgesonnen!«, sagte Gurdjieff, ging in Richtung Ausgang. Auf dem Weg hob er die Folie auf, in die Tschikobawa eingewickelt gewesen war, knüllte sie geräuschvoll zusammen und nahm sie mit.

Foucault und die Gorosias folgten ihm still. Währenddessen röchelte Nugsar in der Ecke leise vor sich hin:

»Mach, Herr, meine Seele wieder ganz, die zerbrochen ist durch zu viel Schuld und falsche Leidenschaft, halte Fürsprache bei Gott, dass er alles Zerstörte errette, damit auch ich als Geheilter voller Lob verkünden kann seine Güte und Größe.«

Der Meister blieb auf seinem Bett sitzen, mit dem vollen Glas in der einen und dem Zeitungsschnipsel in der anderen Hand.

Alle Sorgen, die Niko geplagt hatten, waren mit einem Mal wie weggeblasen. Auch Gurdjieff wirkte zufrieden. Als sie in den Wagen stiegen, warf er die zusammengeknüllte Folie in den Kofferraum, kraulte Foucault am Ohr und sagte:

»Das war's … ab jetzt kümmert sich Schdingschdiefel um Nugsar.«

Auf dem Rückweg erschien Nino die kachetische Landschaft nicht mehr so reizvoll wie zuvor. Weder die endlosen

Wiesen begeistern sie, noch die hohe Gremi-Kathedrale noch die Schattenlinien des Kaukasus. Auch der Alasani wirkte auf sie einfach nur schlammig braun. Die in der Zwischenzeit aufgegangene Sonne hatte der Landschaft ihre Lieblichkeit genommen, da alle Farben nun deutlich sichtbar waren. Als hätte man einer Frau den halbdurchsichtigen Schleier hinuntergerissen. Zuvor, während des kurzen Schattenspiels, waren nur die Umrisse erkennbar gewesen. Jetzt, entblößt, war der Zauber verflogen.

In den Dörfern hinter Telawi trugen die Omas bereits Eimer mit Äpfeln zum Verkauf an die Straße. Manche von ihnen hängten Tschurtschchelas* auf Holzständer, andere aufgefädelte schwarze Dörrpflaumen; fast an allen der kleinen Standtische gab es Tqlapi**, kirschfarben und wie ein Schal zusammengerollt.

Vor Tbilissi hielten sie nur ein einziges Mal an. Gurdjieff und die Gorosias kehrten in einer Raststätte namens Ikalto zum Frühstücken ein. Das Gasthaus war menschenleer bis auf einen stämmigen, beleibten Mann hinter der Theke, der gerade die Knöpfe seines abgetragenen und vergilbten Hemdes schloss. Offenbar waren die jetzt cremeweiß gestrichenen Wände davor tapeziert gewesen: Unter

* Ein georgisches Konfekt, das als Dessert gegessen wird. Es handelt sich um Walnüsse oder Haselnüsse, die mit einer Traubensaft-Kouvertüre überzogen sind.

** Ein vor allem aus Pflaumen hergestelltes, eingekochtes Fruchtpüree, das getrocknet, in Form dünner, pergamentartiger Lagen gehandelt wird.

der Farbe schimmerten einige Ornamente durch. Überall im ganzen Raum hingen reichlich bestückte Fliegenfängerstreifen. Der eingestaubte Ventilator unter der Decke schien schon lange nicht mehr im Betrieb gewesen zu sein. Zwischen seinen langen Flügeln hatte eine Spinne ihr Netz gewebt. In der sowjetischen Kühltheke, deren böses Rattern nicht zu überhören war, stand ein einziger Teller mit einem einsamen und offenbar sehr, sehr alten Fisch drauf. Niemand sah, wie der Thekenmann einige dünne Kabel, die ihm aus dem Bauch ragten, still und heimlich unter dem Hemd versteckte.

»Gibst du uns was zum Essen, Chef?«, rief ihm Gurdjieff von Weitem zu.

»Der Koch ist noch nicht da«, sagte der Thekenmann mit brüchiger Stimme. »Kaurma hätte ich, von gestern …«

Er legte den Zeigefinger auf das Glas. »Und diesen Stockfisch da.«

Gurdjieff inspizierte das als Stockfisch bezeichnete rätselhafte Wesen und fragte mit vollem Ernst:

»Ist das einer der Fische, die Christus in der Wüste vermehrt hat?«

Der Thekenmann grinste, zeigte seine schiefen Zähne und wackelte dabei wie ein Fernsehbild bei schlechtem Empfang. Gurdjieff glaubte ihn zu erkennen, sah in seine blaugrauen Augen und … nickte ihm respektvoll zu.

Niko starrte währenddessen auf den Fisch. So sah er nicht, dass die Augen der beiden für einen Moment aufleuchteten, und ihre Lippen sich geräuschlos bewegten. Hätte Niko einen angeborenen Biolocator, könnte er jetzt die kurzwelligen Ätherschwingungen und Radiostrahlen zwischen den beiden empfangen. Ray und der Thekenmann tauschten ihre Gedanken aus … und spien ein wenig Ruß. Streunende Geister begegnen sich ja immer an unerwarteten Orten, zu unerwarteter Zeit.

Der Fisch sah tatsächlich eigenartig aus. Es war unersichtlich, ob er gekocht, gebraten oder gar geräuchert war. Durchs Fenster dringende Sonnenstrahlen ließen die fast braue Oberfläche an manchen Stellen wie Phosphor leuchten, als wäre die wellig geschrumpfte Schuppenhaut von Schimmel überzogen. Seine Augenhöhlen waren leer und schwarz, der Mund stand leicht offen, als wäre die Seele daraus schon vor geraumer Zeit entwichen. Er lag nicht, er ruhte buchstäblich auf dem Teller. Kopf und Schwanz ragten über den Tellerrand. Beim Anblick dieser gastronomischen Pietà hätte sich Nino beinahe übergeben.

»Schnell weg hier«, sagte sie leise zu Niko.

Doch in diesem Fall war nicht wirklich der Fisch schuld an ihrem Zustand. In letzter Zeit war Nino ohnehin recht oft übel; Nino war nämlich schwanger. Und sie glaubte, eher von Gurdjieff als von Niko. Sie hielt es durchaus für möglich, im Traum von ihm geschwängert worden zu sein. Sicher hätte man leicht herausfinden können, wer der leibliche Vater war, doch kümmerte das Nino eher wenig. Wichtig war, dass sie nach langjährigen vergeblichen Versuchen endlich einen Bewohner in ihrem Bauch spürte.

Der aufblasbare Engel

Nach Nugsars Aussetzung lief bei den Gorosias alles bestens, manche Leute haben, wenn sie Glück haben, so richtig Glück. Jetzt musste nur noch der weitere Verbleib von Gurdjieff und Foucault geklärt werden. Von Manana Qipianis Verschwinden erfuhren sie zufällig, aber noch rechtzeitig, eben von Gurdjieff. Er seinerseits hatte es aus den Gesprächen der Nachbarn erfahren; in den alten Stadtteilen von Tbilissi weiß doch jeder von jedem alles; oder beinahe alles. Wegen der Sache mit Nugsar Tschikobawa erhielt Gurdjieff noch ein paar Besuche von der Polizei, wurde aber nie festgenommen, denn irgendwelche Typen hatten Manana in einem schwarzen Mercedes irgendwohin mitgenommen. Seitdem galt sie als verschollen. Offenkundig war irgendwer bei der Suche nach Nugsar auf eine falsche Fährte gelockt worden. Wobei die Sache mit Manana Qipiani den Gorosias herzlich egal war. Sie waren bereits in die neue Wohnung gezogen und hatten den Tratsch aus der alten Nachbarschaft hinter sich gelassen. Der Designer Koki hatte alle Erwartungen übertroffen. Er richtete ihre neue Wohnung in kürzester Zeit so schön ein, dass nicht einmal Nino etwas einzuwenden hatte. Jedes Detail, alle Formen und Farben hatte Koki perfekt aufeinander abgestimmt, sodass alles harmonisch zusammenpasste, als wären die einzelnen Elemente wie füreinander geschaffen. Daher überließen die Gorosias Koki auch die Suche nach einem geeigneten Raum für die Konditorei.

Er fand nicht nur im Handumdrehen den richtigen Raum, er packte zusammen mit seinem Bauarbeitertrupp auch beim Umbau mit an. Und es zeigte sich, dass Koki neben seiner Tätigkeit als Designer auch die Führung von Bauarbeiten hervorragend beherrschte. Im Erdgeschoss des vierstöckigen Eckhauses zwischen Paliaschwili und Basaleti hatte sich vor einiger Zeit das Studio eines Tbilissier Couturiers befunden, später war dort ein Türschild mit der Aufschrift *Stomatologische Klinik* angebracht worden, auch wenn die Klinik nie eröffnete, dann zog für einige Zeit ein Obst- und Gemüseladen ein, und jetzt stand in großer Schrift auf dem mit gelbem Papier verklebten Schaufenster: »Zu verkaufen oder zu vermieten«, darunter eine Telefonnummer.

»Wenn ihr könnt, wäre kaufen besser«, riet Koki den Gorosias, »wenn mal was ist, kriegt ihr eine Fläche in dieser Lage immer gut los.«

Sie überlegten nicht lange, kauften das Ladengeschäft, übrigens sehr preiswert, und begrüßten sowohl die von Koki digital entworfene Einrichtungsskizze als auch den von Koki ausgesuchten Namen der künftigen Konditorei: *Vanillehimmel.*

Nach ihrem Umzug betraten die Gorosias die alte Wohnung nur noch sehr selten. Und auch über Gurdjieff, dem allein Laptop und Foucault blieben, sprachen sie so gut wie nicht mehr. Wobei sie gern gewusst hätten, wann er endlich die Wohnung zu verlassen gedachte, da die Nachmieter bereits feststanden und Koki bald anfangen sollte zu renovieren. Gurdjieff müsste also, ob er nun wollte oder nicht, von dort bald verschwinden, im wörtlichen oder übertragenen Sinne des Wortes.

Eines Abends saßen die Gorosias im Wohnzimmer auf dem Sofa und guckten auf ihrem großen Wandfernseher das Magazin *Profil.* Die Moderatorin hatte georgische Theater- und Filmstars verschiedener Generationen zu Gast. Wie immer wurde viel gestöhnt, es wurden Herzen ausgeschüttet und Tränen vergossen, man hätte gefühllos sein müssen, damit es einen nicht berührte.

Maia hatte gerade in die Kamera geschaut und charmant verkündet »In wenigen Minuten sind wir wieder da, und die größte Überraschung kommt noch«, als die Werbung begann und Nino sich Niko zuwandte und ohne Umschweife verkündete:

»Ich bin schwanger.«

»Seit wann?«

»Seit fast zwei Monaten.« Nino lächelte ihn an. Es folgte ein verklemmtes Schweigen.

»Warst du schon beim Ultraschall?«, fragte Niko.

Nino legte Nikos Hand bei sich auf den Bauch. Er spürte nichts, nur dass der Bauch seiner Frau ihm leicht verhärtet erschien. Was er aus irgendeinem Grund Ninos regelmäßigen Schwimmbadbesuchen zuschrieb. Das wollte er sich jedoch nicht anmerken lassen und lächelte zurück. Niko war klar, dass er sich jetzt zu freuen hatte, wusste aber noch nicht, wie er die Freude ausdrücken sollte. Er suchte nach passenden Worten, fand aber keine. In seinem verwirrten Zustand war er gänzlich handlungsunfähig. Sollte er Nino umarmen, seine Hand, die schon heiß wurde, von ihrem Bauch wegnehmen, oder?

... Wieder war es Nino, die die Situation rettete: Sie zog Niko an sich, umarmte ihn und sagte leise: »Komm her.« Dann fügte sie genauso charmant wie Maia hinzu: »Die größte Überraschung kommt noch.«

Wie Manana Qipiani, war auch Gurdjieff im gewissen Sinne de facto verloren. Nach Nugsar hatte er neben *Dr. House* einen weiteren Zeitvertreib entdeckt: Er richtete sich bei Facebook ein Profil ein, bestückte es mit seinen im Netz gefundenen Fotos, gestaltete auch noch eine persönliche Webseite und befreundete sich mit fast tausend Menschen. Bald bildete sich ein enger Kreis von Fanatikern und Eingeweihten um ihn, der täglich vor seinen Augen wuchs. Dass er viele Sprachen konnte, machte ihm die Sache leicht. Natürlich besaß er in diesen vielen Sprachen nur oberflächliche Kenntnisse, aber für Facebook reichte das vollkommen. Zumal man sich auch gut mit Emoticons behelfen konnte. Das soziale Netz zog Gurdjieff tiefer und tiefer in seinen Bann, saugte ihn aus, verschlang ihn buchstäblich; wie ein Verrückter verbrachte er Tag und Nacht am Laptop, unterhielt sich mit Menschen aus allen Teilen der Welt, stupste und zwinkerte, tauschte Musik und Fotos aus, erteilte und empfing Ratschläge. Er befreundete sich und ließ sich wahllos mit jedem befreunden, ließ keinen Eintrag ohne Kommentar, und wurde auch selbst stets kommentiert.

Von Foucault entfremdete er sich immer mehr. Er ging zwar noch mit ihm raus. Doch hielt er es kaum aus, bis das Tier sein Geschäft beendet hatte und er sich wieder an den Laptop setzen konnte.

Derweil hatte Nugsar als Pater Mauritius bald eine große Berühmtheit erlangt. Zunächst kursierten Berichte über einen in der Chmala-Kirche tätigen Wunderheiler in den umliegenden Dörfern von Sabue. Von dort aus gelangte die Geschichte bis nach Telawi und erreichte schließlich auch Tbilissi. Georgien ist ein kleines Land; die Vögel müssen nicht fliegen, um es zu durchqueren, sie trippeln einfach. Und die Geschichte war schon von sich aus so fantastisch, dass sie keiner Ausschmückung mehr bedurfte.

Wie immer hatte man das Auftauchen eines neuen Heilers anfangs mit Skepsis verfolgt, doch dann rannte jeder hin wie beim Tag der offenen Tür.

Die georgischen Dörfer waren schon immer reich an Heilern und Zauberkundigen gewesen. Für alles konnte man hier Wundertäter finden: um verborgenes Glück freizulegen, zerbrochene Familien zusammenzuführen, Verschollene oder ihre Gräber ausfindig zu machen, durchgebrannte Ehemänner und Ehefrauen zurückkehren zu lassen, einen Talisman für Reichtum, einen gegen den bösen Blick zu beschaffen, Kinderlose zu schwängern oder auch Mittelchen gegen Alter und Krebs zusammenzubrauen, etwa aus Eselshirn, Wolfspfote und Rabenleber …

Außerdem ist Georgien auch durch seine salbölträufelnden Ikonen bekannt. Oft begegnet man hier wundertätigen Ikonen oder Fresken, aus denen Öle und Salben strömten mit dem gar schönsten Dufte, zu heilen wundersam die Kranken.

Die Geschichte des Pater Mauritius allerdings war eine andere. Er war selbst Heiler und Ikone, denn das Öl entströmte auch ihm selbst, wie Butterschmalz. (Das Butterschmalz roch zwar leicht nach Motoröl, doch dafür interessierte sich niemand.) Dazu diente er dem Guten mit seinem Worte, und was das Wichtigste war, ohne jede Gegenleistung.

Diese Geschichte begann so: Als Gurdjieff und die Gorosias weggefahren waren, humpelte Gogia eilends nach Hause. Der Chacha hatte ihm zugesetzt, er konnte sich kaum noch auf den Beinen halten, doch sein Kopf war klar. Die Kundigen wissen: So mancher Trank bringt Sinnestrübung, der Körper bleibt aber voller Tatkraft, bei anderem Gebräu wiederum bleiben die Sinne klar, dafür legt es den Körper lahm. Weiterhin ist bekannt, dass ein Getränk, das Sinne und Körper gleichzeitig betäubt, gegenüber allen anderen vorzuziehen ist. Bei seiner Ankunft zu Hause wurde Gogia im Hof von einem rußschwarzen Hund freudig empfangen.

»Dschibo, hau ab«, er schob ihn mit dem Fuß weg, »hab grad keine Zeit für dich.«

Er eilte hinauf in den ersten Stock, schüttelte seine Frau Matiko, die seit Langem bettlägerig war. Ihre geschwollenen Beine glühten rot wie nach einer Verbrennung, aus offenen Wunden trat Flüssigkeit. Zusammengewachsene Augenbrauen, eine Stupsnase, eine kurze Stirn, schmale Lippen und ein Ansatz Damenbart zeichneten sie aus. Eine kräftige Frau war sie, jedoch mit samtweichen Armen. In gewisser Hinsicht erinnerte sie an einem Bären. Neben ihr wirkte Gogia wie ein Zwerg. Und siehe, diese Riesin litt an einem Beinleiden.

»He, Matiko, schläfst du?«

Sie öffnete die Augen: »Wo hast du dich denn herumgetrieben?«

»Los, steh auf.« Gogia scheuchte sie hoch. »Mach schnell.«

Sie dachte gar nicht daran aufzustehen, da ihr Mann offenkundig schon am frühen Morgen gesoffen hatte. Doch funkelten Gogias Augen so eigenartig, dass sie ihn zaghaft (sie war zwar groß, hatte jedoch ein kleines Herz) fragte: »Was ist denn passiert, sag doch bitte!«

»Ein Wunder!«

Erst jetzt bemerkte Matiko das Glas in der Hand ihres Mannes.

»Was hastn da im Becher? Schnaps?

»Nix Schnaps … Salböl is des.«

»Meinste?« Martiko warf die Decke zur Seite. »Na warte, gleich wirst du ein Wunder erleben!«

»Nein Frau, lass mich ausreden …« Gogia sah auf Matikos geschwollene Beine unter dem Nachthemd und hob das Glas in die Höhe. »Der Becher hier geht niemals leer. Man nennt ihn…« Er runzelte angestrengt die Stirn, konnte sich an den Namen des Bechers nicht erinnern. »Verdammt, weiß nicht mehr, wie der heißt.«

»Genau das Richtige für dich also.«

»Hörste? Der geht niemals leer, sag ich. Vorhin kam ein Mann in die Chmala …« Aus irgendeinem Grund getraute Gogia sich nicht zu lügen, wollte aber lieber nur einen Teil der Wahrheit erzählen. »Und jetzt steht er halt da und betet.«

»Ja und, soll er halt beten, davon passiert ihm nichts.«

»Dem passiert sowieso nichts, der ist schon tot, glaub ich.«

»Tot?« Schlimme Gedanken überkamen Matiko und sie bedeckte reflexartig ihre Beine. »Bist du völlig …?«

»So ist er angekommen«, unterbrach Gogia sie, »nu ist er immer noch dort. Steht da im Dunkeln und betet. Ein Auge hat er … ein rotes.«

Um seine Aussage zu bestätigen, durchsuchte er schließlich seine Hosentaschen nach dem Zeitungsausschnitt, fand ihn aber nicht.

Schwer zu sagen, ob Martiko sich von ihrem Mann anstecken ließ oder ob bloße Neugierde sie antrieb, jedenfalls schlug sie die Decke wieder zurück.

»Hand her, hilf mir aufstehen.«

Sie machten sich auf den Weg zur Chmala-Kirche. Matiko kam nur mühsam voran: Mit der einen Hand stützte sie sich auf einen Gehstock, mit der andern auf Gogia. Sie hatte sich einen geblümten baumwollenen Hausmantel über die Schultern gelegt. Ihre kranken, schmerzenden Beine steckten in Gummigaloschen mit eingetretener Ferse. Schweren Schritts wankte sie an Hecken und Zäunen vorbei. Neben ihr lief Dschibo, der ungezwungen die Nachbarshunde anbellte, um seiner Pflicht nachzukommen. Den aus der Kirche strömenden Gestank roch sie schon von Weitem. Es heißt ja, Bären hätten sehr feine Nasen.

Matiko lugte in die Chmala hinein, konnte aber nicht viel erkennen, bis auf einen scheinbar frei schwebenden roten Punkt in einer dunklen Ecke. Leiser Gesang war vernehmbar und schwacher, stockender Atem: »Herr, schenke mir Ströme von Tränen eingedenk des unvergesslichen Todes und zeige die Milde deines Herzens, damit von Sünden ich erlöst werde …«

Matiko erkannte, dass keine Gefahr bestand, und betrat die Kirche. Sie näherte sich der Gestalt im Dunkeln und erstarrte, als sie ihn so schwarz und ölüberlaufen sah. Nugsar verstummte abrupt, richtete sein Auge auf Matikos quaddelige, schmerzende Beine, ließ den roten Punkt darüberfahren und sprach unter Pfeifen:

»Erhöre, oh Herr, deines unwürdigen Dieners Bitte, der ohne Zahl Tränen vergießt und deinen Namen lobpreist, du, der aller Bittenden Leid erhört, der Gemarterten Schmerz erleichtert, du, der die Kranken, die Gelähmten heilt, du Erlöser von allem Leid der Seele und des Fleischs.«

Nach diesen Worten war Matiko von ihren Beinschmerzen augenblicklich geheilt. Voller Freude fiel sie auf die Knie und begann zu beten. Gogia hätte sogar geschworen, dass die Kraft, die bei der Heilung auf Matiko übergegangen war, seine Frau auch ein wenig schöner aussehen ließ. Tatsächlich ähnelte Matiko in diesem Augenblick eher einem Bärenkind als einem Bären. Das war seine erste Wundertat.

Von diesem Tag an stand er in seiner dunklen Ecke und betete, bei Tag und Nacht. Dabei predigte er, was den Menschen dort am meisten fehlte: Demut, Genügsamkeit und Milde, damit sie den Weg der Wahrheit gehen konnten.

Was machte es schon, dass Pater Mauritius stank, und er – da ihn niemand mehr ölte – zunehmend vertrocknete, dass auf seinen Beinen und in seinem Gesicht Moos wucherte und von seinem Körper fetzenweise das Fleisch abfiel, sodass an manchen Stellen die blanken Knochen zum Vorschein kamen? Wer achtet schon auf solche Kleinigkeiten, wenn es um Wunder geht?

Und siehe da, an einem Samstagabend, als Nino unter der Dusche stand, schaute Niko auf dem Sofa liegend *Postskriptum* und sah einen Bericht über den in Sabue tätigen Wunderheiler. Männer und Frauen allen Alters, kleine Kinder erzählten von Pater Mauritius. Alle erzählten, wie Pater Mauritius sie nach langer und schwerer Krankheit allein mit Worten geheilt hatte. Erzählten von Blinden, die wieder sahen, Gehörlosen, die wieder hörten, Stummen, die wieder sprachen. Man sah auch Bilder der Chmala-Kirche, die genauso alt und klein war wie an jenem Tag. Nur dass um die Kirche herum unzählige Menschen versammelt waren, wie Pilger bei der Hadsch um die Kaaba. Die Menschenschlange, die in die Kirche hinein wollte, nahm kein Ende. Am Ende wurde auch Pater Mauritius selbst gezeigt, wie er im Schatten stand und betete: »Über alles herrschender Gott, Heiler unserer Seelen und unseres Fleischs, halte über uns Deine unsichtbare Hand, gefüllt mit Glückseligkeit und Heilung. Schenke Deinen Dienern Gesundung, und nehme von ihnen alle Wunden, Geschwüre und Leiden, Du siehst ihre Schuld und Laster, vergib ihnen mit Deiner Liebe und Barmherzigkeit …« Auf Niko wirkte er noch dunkler und auch etwas kleiner als zuvor. Seine Haare waren weiter gewachsen und sahen nun aus, als trüge er eine Fellmütze. Das rote Auge leuchtete heller denn je. Am Ende des Berichts sagte der Moderator im Studio: »Laut Beschluss der Gremi-Eparchie beginnt neben der Chmala-Kirche der Bau einer weiteren Weihungsstätte. Spenden für den Bau können Kunden von *Magticom*, *Geocell* und *Silknet* unter folgender Nummer überweisen …«

Euphorisiert wählte Niko mit Kloß im Hals sofort die genannte Nummer und überwies ohne nachzudenken 10 Lari auf das Konto des Bauprojekts.

In dieser Nacht träumte er, dass Nino und er gerade aus Paris zurückgekehrt seien und sich auf dem Bett liegend dort aufgenommene Fotos ansahen. Nach den Fotos zu urteilen, hatte Nino Paris ganz alleine bereist. Auf keiner Aufnahme war Niko zu sehen: Nino sitzt in der gut gefüllten Rotonde, in der Sacré-Cœur, hier mit Seidentuch auf dem Kopf, dort starrt sie auf ein Mosaik, mal blickt sie vom Pont Neuf die Seine hinunter, dann wieder steht sie lächelnd auf irgendeiner Straße, im Hintergrund ein roter Ferrari … Nur ein Bild bildet eine Ausnahme. Im Schaufenster einer Chanel-Boutique in der Rue Cambon, vor der Nino sich fotografieren ließ, sah man Nikos Silhouette, zufällig gespiegelt, mit Fotoapparat in der Hand. Niko betrachtet die auf dem Bett verstreuten Fotos. Er kann sich genau erinnern, wo und wann er jedes von ihnen aufgenommen hat. Nur an ein Foto kann er sich nicht erinnern: Auf dem Foto ist es Abend, Nino steht vor der Pyramide des Louvre, ein Band um den Finger gewickelt, an dem ein weißer Luftballon in der Form eines Engels schaukelt. Es ist ein eigenartiger Luftballon, man könnte meinen, er wäre nicht aus Gummi sondern aus Papier; die Oberfläche ist nicht eben, sondern kaum merklich gewellt. Von innen leuchtet er schwach, wie ein Lampion. Der Engel will in den Himmel aufsteigen, aber das Band hält ihn fest.

Am Morgen stand Niko auf, suchte leise seine Kleider zusammen und verließ das Zimmer. Er wusch sich kurz das Gesicht. Ohne auch nur einen Tee zu trinken lief er die Treppe hinunter, in die Garage.

Bald bog er von der Tschawtschawadse in die Atarbegowstraße ein. Von der Straßenecke an sah er den kahlen Abdullah, der vor dem Supermarkt stand und rauchte.

Niko schloss die Tür der alten Wohnung auf. Im Flur war schlechte Luft, doch kein Gestank wie zu Nugsars Zeiten. Es war muckmäuschenstill. Auch Foucault schlug nicht an. Niko dachte, dass Gurdjieff vielleicht mit ihm draußen war, und wunderte sich, dass er ihn bis zum Hals in ein Laken gehüllt schlafend auf dem Sofa vorfand. Auf einem Stuhl vor dem Sofa stand auf Kopfhöhe der Laptop, das bläuliche Licht beschien sein offenbar seit Tagen nicht rasiertes Gesicht. Am Bart klebte eingetrocknete Spucke. Es war nicht mehr der quicklebendige Gurdjieff, Niko sah einen gebrochenen Alten mit eingefallenen Wangen. Ray offnete die Augen:

»Du warst schon lange nicht mehr hier.« Der Alte versuchte zu lächeln, was ihm nicht gelang.

»Nun bin ich da.« Auch Niko misslang sein Lächeln. »Ich habe dir Eier mitgebracht.«

Er legte die Tüte vorsichtig auf den Tisch.

»Hm, bei so vielen Eiern fange ich bald an zu gackern«, scherzte Gurdjieff ohne Erfolg.

Es kam kein Gespräch zustande. Eine peinliche Stille breitete sich im Zimmer aus.

»Wo ist Foucault?«, fragte Niko.

Gurdjieff setzte sich auf, als verstehe er nicht, was man ihn fragte. Schließlich sagte er leise und irgendwie beschämt:

»Habe ihn gegessen.«

Zu einem anderen Zeitpunkt hätte Niko gedacht, dass es ein Scherz war. Jetzt begriff er sofort, dass Gurdjieff die Wahrheit sagte. Niko fröstelte. Ihm wurde schwindelig. Er ließ sich auf einen Stuhl fallen. Angst hatte er aber keine. Vor ihm saß ein listiger, widerlicher, jedoch völlig hilfloser alter Mann. Am liebsten hätte er sich über diesen Alten geärgert und geschrien, hätte gefragt, für welch entsetzliches Ritual er es nötig gehabt habe, einen Freund aufzuessen. Einen, der ihm keine Minute von der Seite gewichen war. Aber er konnte weder mit ihm schimpfen noch ihn anschreien, weil er Gurdjieff irgendwo in der Tiefe seines Herzens dankbar war. Er selbst wollte ja Foucault ebenfalls loswerden. Gurdjieff hatte, wenn auch ungewollt und auf schreckliche Weise, aber doch ganz im Interesse der Gorosias, das Problem gelöst.

»Ich war sehr hungrig, Suliko…«, fing er an.

»Du musst gehen«, unterbrach ihn Niko, »sofort«.

Ohne ein Wort stand er auf und ging in Unterhosen aus dem Zimmer. Bald kehrte er bekleidet zurück, in derselben Kleidung, die er in der ersten Nacht getragen hatte. Wie damals trug er das abgewetzte Sakko offen. Zwischen Brusttasche und Knopf seiner schwarzen Satinweste kam eine Goldkette zum Vorschein. Die Füße hatte er in die staubigen Stiefel mit flacher Spitze gesteckt, auf dem Kopf saß die schwarze Lammfellmütze. Aber mittlerweile war ihm alles zu groß geworden, als wäre die Kleidung nicht mehr seine eigene.

»Lebe wohl, Suliko«, sagte er noch.

Niko stand nicht auf, er hob nur die Hand. Beim Anblick des Sessels, der mit Foucaults weißen Haaren übersät war, spürte er wieder den Kloß im Hals. Der alte Sessel war in der Mitte so eingesunken, als hätte der Hund dort gerade noch gelegen.

Gurdjieff trat ins Treppenhaus und schloss die Tür hinter sich.

Niko blieb eine Zeit lang sitzen. Dann ging er durch die Zimmer … Er suchte nichts, schlenderte einfach ohne Ziel. Die Wohnung brauchte eine Komplettrenovierung. Alles war mit Öl verdreckt. Er schaute in die Schränke, in die Abstellkammer. Im Bad lag dicker Staub. An der Küchendecke hingen Spinnweben. Das Spülbecken war mit schmutzigem Geschirr gefüllt, auf dem verstaubten Tisch stand ein Glas mit eingetrocknetem Goglimogli und einem darin festklebenden Löffel. Niko öffnete den Kühlschrank. Er war leer. Im Kühlfach lag Foucaults abgeschnittener Kopf, sein Gesicht sah aus, als würde er lächeln. Auf der Schnauze und den erloschenen Augen lag eine dünne Schicht Eis.

LESEPROBE

Fassbinder begegnet mir auf Schritt und Tritt. In Berlin hängen seit einigen Tagen vermehrt schwarz-weiße Plakate. Darauf verkündet der Regisseur in seiner Lederjacke: »Ich bin meine Filme«.

Fassbinder ist über und unter der Erde, an den Fassaden der Häuser, Werbetafeln, den Wänden der U-Bahnhöfe. In den Kinos läuft in Kürze eine Retrospektive seiner Filme, im Martin-Gropius-Bau ist ihm eine Ausstellung gewidmet. Immer wieder rückt einer ins Zentrum der Aufmerksamkeit und sofort wird das gesamte Hab und Gut des Künstlers in Museumsexponate verwandelt: von den Bühnenkostümen bis zur Zahnbürste. Es hört nie auf. An einem Tag ist es Freddie Mercury, am nächsten Pasolini, der von den Plakatwänden auf einen herabschaut. Jetzt Fassbinder. »Ich bin meine Filme«, ruft es von überall.

Ich würde auch gern behaupten, ich sei meine Bücher, aber außer einem halben Roman und genauso vielen Erzählungen habe ich noch nichts Vernünftiges zustande gebracht. Hätte ich die Möglichkeit, würde ich alle anderen Texte öffentlich verleugnen. Ihr Dasein stört mich nicht besonders, aber ohne sie würde ich mich irgendwie wohler fühlen. Ich weiß nicht, ob es Sinn machen würde zu behaupten: »Ich bin mein halber Roman«.

Vielmehr könnte ich sagen: Ich bin meine Notizbücher. Jedes von ihnen ist ein lückenloser Chronist, meine ganz persönliche Black Box. Eine Art Konservendose, in der nicht Heringe in Öl oder Tomatensauce eingelegt sind, sondern Worte in Zeilen. Nichts gegen Heringe! In meiner Kindheit gab es Konserven, genannt »Touristenfrühstück«; sie gehörten zu den billigsten in der sowjetischen Nahrungsmittelindustrie. Nun produziere ich als ewiger Tourist ein solch billiges Frühstück in Gestalt meiner Notizbücher.

* * *

In Deutschland wird alles genau dokumentiert und nummeriert. Überall werden irgendwelche Papiere verlangt. Nicht mal in der Sowjetunion hatten die Menschen so einen Hang zur Bürokratie. Auch ich muss sehr oft Anträge und Formulare ausfüllen. So wandern die immergleichen Angaben von mir von Akte zu Akte:

VORNAME: Zaal
NAME: Burchuladze
GEBURTSDATUM: 09. 09. 1973
NATIONALITÄT: Georgier
FAMILIENSTAND: verheiratet
KINDER: 3
BERUF: Schriftsteller

So betrachtet man mich von der offiziellen Seite. Wie bei jedem anständigen Menschen muss es auch von mir eine inoffizielle Seite geben. Aber das ist eine andere Geschichte. Ich klinge schon offiziell sehr verdächtig. Zum Beispiel taucht mein Vorname Zaal nirgendwo auf, außer in meinem Ausweis. Durch meinen Familiennamen kann ich nicht belegen, der Sohn meines Vaters zu sein. Soweit mir bekannt ist, hat mein Großvater auch mein Geburtsdatum gefälscht, um mich vor der Einberufung in die Armee zu bewahren. Da mir das Umherziehen genauso im Blut liegt wie den Zigeunern, kann ich mich auch kaum einen Georgier nennen. Es ist nicht auszuschließen, dass ich eines Tages von zu Hause loslaufe und nicht mehr zurückkomme. Oder dass ich mir wie Pierrot le Fou Dynamitstangen um den Kopf binde und der Zündschnur Feuer gebe – ich liebe den Geruch von Napalm am Morgen.

Familie war für mich nie eine Konstante oder ein unveränderlicher Status. Der Zyklus von Heirat und Scheidung gehört schon lange zu meiner persönlichen Selbstdisziplin und Norm. Ich war nie länger als drei Jahre mit einer Frau zusammen. Diese haben mir, wohl auch deshalb, nie lange nachgetrauert. Drei Jahre, das ist die Zeit meiner familiären Thermodynamik, die Lebensdauer meines inneren Familienalbums. Deshalb befinde ich mich in der dritten Ehe. Ich kann nicht mal sicher sein, ob ich tatsächlich Vater von drei Kindern bin oder ob es irgendwo noch weitere Nachkommen von mir gibt. Auch meine Berufswahl stimmt mich oft nachdenklich. Was bewegt jemanden, sich für das Schreiben zu entscheiden? Noch dazu, wenn man weiß, dass dies, abgesehen von wenigen Ausnahmen, eine brotlose Kunst ist. Warum sollte man Schriftsteller werden wollen, im Wissen, dass, selbst wenn man Erfolg hat, Texte auf Waschmittel-, Schuhcreme- oder Hühnchenverpackungen häufiger gelesen werden.

Ich persönlich bevorzuge ohnehin Vor-Ort-Reportagen von großen Ereignissen und aus der Mitte des Geschehens. Und ich habe eine große Schwäche für Antonioni. Deshalb würde es vielleicht eher zutreffen, am Ende des Formulars »Beruf: Reporter« einzutragen.

* * *

Heute Morgen habe ich mir die erste Dosis Interferon gespritzt. Als Dessert gibt es nachher eine Ribavirintablette. Das ganze Jahr hindurch wird dies meine unerlässliche Routine: Interferon am Montag; Ribavirin jeden Tag, in der Früh und abends.

Zur Interferonbehandlung von Hepatitis-C steht im Internet ganz Unterschiedliches. Die Foren und Blogs sind voller Klagen und Gejammer von Patienten. Manchmal wirkt das wie eine moderne Version von Dantes »Inferno«, nur kollektiv und online verfasst und mit dem Unterschied, dass sich hier nicht der Autor in der Hölle befindet, sondern die Hölle im Autor. Vielleicht ist das am Ende auch das Gleiche. Ich wünsche mir weder das eine noch das andere.

Um hier gleich eingangs etwas Spannung aufzubauen, muss ich mit Shakespeare darauf hinweisen, dass die ganze Welt ein Theater ist und mit Tschechow daran erinnern, dass eine Pistole, die im ersten Akt an der Wand hängt, im letzten abgefeuert werden muss. Dieser Logik zufolge müsste meine am Anfang der Erzählung geschwollene Leber vor dem Ende schlechterdings platzen. Ich habe also eine Zeitbombe in meinem Körper. Und das ist fast eine Schahidische Poesie. Man könnte auch sagen: der Blues des Mudschaheddin.

* * *

Wenn ich nur an Tbilissi denke, wird mir schon heiß. Man könnte meinen, das liegt am Namen der Stadt, der »Heiße Quelle« bedeutet. König Wachtang I. Gorgassali war ein ziemlich weiser Mann, als er damals die Stadt so nannte. Auf der Jagd hatte er in einem bewaldeten Tal einen Fasan erlegt. Das Tier fiel in eine heiße Quelle und wurde vom sprudelnden Wasser sofort gar. Und solange ich dort lebte, hatte auch ich immer das Gefühl zu kochen oder schlimmer: gekocht zu werden. Vermutlich war es purer Überlebensinstinkt, nach Berlin zu ziehen, in die Bundesrepublik, das Land der untergegangenen Sonne. Nun aber scheint mein Nervensystem offenbar einen neuen Ort zu erschaffen, eine Mischung, ein kälteres Tbilissi, ein wärmeres Berlin, ein Berlissi.

* * *

Ding dang dong, ding dang dong … Ich kann und kann mich nicht an das Geläute gewohnen, das zu jeder vollen Stunde am Ende unserer Straße ertont. Unserer heißt in diesem Fall – Salomés, Alissa Chihiros und meiner.

Wenn man von der Brunnenstraße in die Gustav-Meyer-Allee einbiegt, steht man nach ungefähr zwanzig Metern vor der Himmelfahrtskirche und dem hohen Glockenturm, der aussieht wie eine Bleistiftspitze. Ganz oben hängt eine kleine Glocke, die jede Stunde läutet, als verkünde sie das Ende der Welt. Nach allem, was passiert ist, werde ich mich wohl nicht mehr damit anfreunden. Sobald sie läutet, läuft es mir kalt den Rücken hinunter, und ich denke, etwas Schreckliches wird sich ereignen oder ist soeben geschehen. Ding dang dong, ding dang dong …

* * *

Aus unseren Fenstern blickt man direkt auf die hohen Baumkronen des Humboldthains und den Flakturm, der wie ein Atompilz aus dem Park herausragt. Hier waren zu Hitlers Zeiten schweres Geschütz und Funkabhörsysteme der Artillerie stationiert. Solchen Flaktürmen begegnet man in Deutschland immer noch vereinzelt, sie zählen zu den unliebsamen Sehenswürdigkeiten.

Der Turm wirkt auch bei geringem Phantasievermögen erregend, besonders nachts, wenn man von der Aussichtsplattform das wie von Glühwürmchen funkelnde Berlin erblickt. Tagsüber hingegen verdecken die Baumkronen den Blick auf den im Park angelegten Rosenplatz, auf das Freibad und den Spielplatz. Der Humboldthain ist ein großer und erbarmungswürdiger Park mit internationalen Obdachlosen und austrainierten Joggern, die von früh bis spät vor Gesundheit keuchend an einem vorbeirennen. Dabei umweht einen stets ein Hauch Schweiß, der von ihren Körpern dampft. Und dann sind da noch die Bio-Mütter. Sie schieben beim Laufen ihre überdimensionierten Kinderwagen vor sich her. Mit ihren mondfahrzeugbreiten Reifen, der sehr elastischen Federung, den Netzbelüftungslöchern für die Luftzirkulation und den synthetischen Fenstern im Regenschutz haben sie mehr von einem Raumschiff als von einem Kinderwagen.

Ein Kapitel für sich sind die Eichhörnchen, die in jedem Winkel des Parks anzutreffen sind. Manchmal begegnet man auch dem alten Hirsch, der beim Weiden wie die Kuh eines benachbarten Bauern bis zur Liegewiese herankommt.

Die Beschreibung klingt zunächst vermutlich nach Schneewittchenwald, doch der Humboldthain muss neben dem Flakturm noch schlimmere Dinge verbergen. Es gibt keine schöne Fläche ohne eine schreckliche Tiefe. Ein ausgiebiger Spaziergang genügt, um sich davon zu überzeugen. Neuerdings trifft man auf tote Vögel, die daliegen wie buntes Konfetti unter einem Weihnachtsbaum. Ganz verschiedene Vogelarten, mal mit abgehacktem Hals, mal mit zerquetschtem Kopf. Oder gar tote Vogeljungen, auf denen Fliegen sitzen. Irgendwie fühle ich mich hier wie im Film. Hätten Disney und Hitchcock gemeinsam einen Musical-Thriller produziert, beispielsweise mit dem Titel »Schneewittchen und die Vögel«, er hätte eine ähnliche Atmosphäre.

* * *

Die Originalausgabe unter dem Titel
Gasaberi Angelozi
erschien 2011 bei Bakur Sulakauri, Tbilissi, Georgien.

GEORGIAN NATIONAL BOOK CENTER

MINISTRY OF CULTURE AND MONUMENT PROTECTION OF GEORGIA

Dieses Buch wurde mit Unterstützung des Georgian National Book Center und dem Ministry of Culture and Monument Protection of Georgia veröffentlicht.

FSC® www.fsc.org
MIX
Papier aus verantwortungsvollen Quellen
FSC® C083411

ISBN 978-3-351-05058-0

Blumenbar ist eine Marke der Aufbau Verlag GmbH & Co. KG

1. Auflage 2018

Einbandgestaltung unter Verwendung eines Bildes von © Plainpicture/ Whatapicture und FinePic®, München sowie
Gestaltung Vor- und Nachsatz zero-media.net, München
Satz Greiner & Reichel, Köln
Druck und Binden CPI books GmbH, Leck, Germany
Printed in Germany

www.aufbau-verlag.de
www.blumenbar.de